古代漢語常識

王力 著

出版說明

「博雅教育」，英文稱為 General Education，又譯作「通識教育」。

甚麼是「通識教育」呢？依「維基百科」的「通識教育」條目所說：「其一是通才教育；其二是指全人格教育。通識教育作為近代開始普及的一門學科，其概念可上溯至先秦時代的六藝教育思想，在西方則可追溯到古希臘時期的博雅教育意念。」歐美國家的大學早就開設此門學科。

在兩岸三地，「通識教育」則是一門較新的學科，涉及的又是跨學科的知識。概而言之，乃是有關人文、社科，甚至理工科、新媒體、人工智能等未來科學的多方面的古今中外的舊常識、新知識的普及化介紹，等等。因而，學界歷來對其「定義」抱有各種歧見。依台灣學者江宜樺教授在「通識教育系列座談（一）會議記錄」（二零零三年二月）所指陳，暫時可歸納為以下幾種：

一、通識就是如（美國）哥倫比亞大學、哈佛大學所認定的 Liberal Arts。

二、如芝加哥大學認為：通識應該全部讀經典。

三、要求學生不只接觸 Liberal Arts，也要人文社會科學學生接觸一些理工、自然科學學科；理工、自然科學學生接觸一些人文社會學，這是目前最普遍的作法。

四、認為通識教育是全人教育、終身學習。

五、傾向生活性、實用性、娛樂性課程。好比寶石鑑定、插花、茶道。

六、以講座方式進行通識課程。（從略）

近十年來，香港的大專院校開設「通識教育」學科，列為大學教育體系中必要的一環，因應於此，香港的高中教育課程已納入「通識教育」。自二零一二年開始的第一屆香港中學文憑考試，通識教育科被列入四大必修科目之一，考生入讀大學必須至少考取最低門檻的「第二級」的成績。在可預見的將來，在高中教育課程中，通識教育的份量將會越來越重。

在互聯網技術蓬勃發展的大數據時代，搜索功能的巨大擴展使得手機、網絡閱讀、搜索成為最常使用的獲取知識的手段，但網上資訊氾濫，良莠不分，所提供的內容知識未經嚴格編審，有許多望文生義、張冠李戴及不嚴謹的錯誤資料，謬種流傳，誤人子弟，造成一種偽知識的「快餐式」文化。這種情況令人擔心。面對着人工智能技術的迅猛發展所導致的對傳統優秀文化內容傳教之退化，如何能繼續將中國文化的人文精神薪火傳承？培育讀書習慣不啻是最好的一種文化訓練。

有感於此，我們認為應該及時為香港教育的這一未來發展趨勢做一套有益於中、大學生的「通識教育」叢書，針對學生或自學者知識過於狹窄、為應試而學習的不良傾向去編選一套「博雅文叢」。錢穆先生曾主張：要讀經典。他在一次演講中還指出：「此時的讀書，是各人自願的，不必硬求記得，也不為應考試，亦不是為着做學問專家或是寫博士論文，這是極輕鬆自由的，正如孔子所言：『默而識之』便得。」我們希望這套叢書能藉此向香港的莘莘學子們提倡深度閱讀，擴大文史知識，博學強聞，以春風化雨、潤物無聲的形式為求學青年培育人文知識的養份。

本編委會從上述六個有關通識教育的範疇中，以第一條作為選擇的方向，以第二條的芝加哥大學認定的「通識應該全部讀經典」作為本文叢的推廣形式，換言之，就是為初中、高中及大專院校的學生而選取的，讀者層面也兼顧自學青年及想繼續進修的社會人士，向他們推薦人文學科的經典之作，以便高中生未雨綢繆，入讀大學後可順利與通識教育科目接軌。

這套文叢將邀請在香港教學第一線的老師、相關專家及學者，組成編輯委員會，分類包括中外古今的文學、藝術等人文學科，而且邀請了一批受過學術訓練的中、大學老師為每本書撰寫「導讀」及做一些補註。雖作為學生的課餘閱讀之作，但期冀能以此薰陶、培育、提高學生的人文素養，全面發展，同時，也可作為成年人終身學習、補充新舊知識的有益讀物。

本叢書多是一代大家的經典著作，在還屬於手抄的著述年代裏，每個字都是經過作者精琢細磨之後所揀選的。為尊重作者寫作習慣和遣詞風格、尊重語言文字自身發展流變的規律，給讀者們提供一種可靠的版本，本叢書對於已經經典化的作品不進行現代漢語的規範化處理，提請讀者特別注意。

「博雅文叢」編輯委員會

二零一九年四月修訂

目錄

導讀

自把金鍼度與人

近年來，新聞報紙常提到香港學生的中文水平下降，中文卷成了文憑考試的「死亡之卷」。歸根究柢，這箇中既有學習興趣的問題，也有學習方法和系統的問題。興趣或許是與生俱來的，但也需要適當的方法引導。而學習古文的方法，前人積累了豐富的經驗，且授之以漁，擱在那裏，都是智慧，只要我們多加參考，自然有假輿馬舟楫之果效。王力先生的《古代漢語常識》[1]（下簡稱《常識》），便是學習古漢語一本很好的參考書。

王力（一九零零—一九八六），字了一，廣西博白人。中國專名語言文字學家。發表專著四十多部，論文二百餘篇，畢生醉心學術，在語法學、音韻學、詩律學、漢語史等多方面的研究，都有開創性的貢獻，成就斐然。更難得的是，他亦勤於普及知識，寫了不少質量甚高的讀物，如一九六二至一九六四年出版的《古代漢語》，一套四冊，流播甚廣，影響很大，至今仍為很多內地高校教授古代漢語的教材。本書題曰「常識」，實際上授人以系統、以方法、以概念、以經驗，篇幅規模雖然不及《古代漢語》，但對初學者而言，若能通讀一遍，定必能獲得學習古代漢語之金鑰。

《常識》收錄王力十篇文章。這些文章，本來或載於期刊，或為演講文稿，內容涵蓋古代漢語的詞彙、語音、語法、語言學、天文星曆、學習方法等，又討論了觀念、思維、邏輯和語言的關係。本書內容贍富，舉證不囿於一時一地，兼及中西，又能做到深入淺出，很適合初學者閱讀。王氏曾說，以往的音韻學者把韻學說得太過玄虛幽渺，故他撰文「以玄虛之談為戒」。《常識》談到很多嚴肅的傳統學問，作者都說得洞洽無滯，少有堂奧難窺之弊。以下簡單介紹此書重點，俾讀者得其梗概，循門而入，含嚼前人讀書治學方法的精華。特別一提，此書編成已有時日，當中某些例子、用語，今人讀之，可能覺得隔閡。筆者不揣譾陋，結合現今生活例子，借題發揮，望闡明先生讀書心得之萬一。

學習古漢語的目的，王力說得很明白，不但為了提高閱讀古書的修養，也為提高閱讀現代書報的能力。他從文字講起，先論字形與字義的關係，繼而旁及繁簡體字、異體字、通假字等問題。漢字發展初期，文字是表意的（ideographic），換言之，字形能夠反映字義。作者說「本義和字形是有關係的」，並舉出大量例子，加以說明。比如「涉」字，古文從「水」從二「止」（腳掌），二「止」往往隔在「水的」一的兩側，表示兩隻腳涉水過河，後來又引申為乘舟渡河。人們在學習過程中，面對圖像，往往要比文字敏感。可惜的是，除了在大學教授的語文專科外，一般中小學校講授文言文，很少專門提及某字的甲骨金文寫法，即便有，也不會系統去講。了解漢字的古文寫法，並非純粹出於「好古」，這事實上對文字習得有很大好處，也比較容易引發學習興趣。試想想，要知道「它」字有表蛇的義項，到底是背誦坊間那種常見的文言字義表容易，還是學習古文寫法來記憶容易？答案是顯然易見的。

王氏雖然專研古文，致力普及文言閱讀，但話說得很客觀通達。他認為，青年上學讀書，要兼顧不同科目，不宜一股死腦筋的去揣摩古文，否則身處現代，說話卻不似現代人，就是作繭自縛。反過來說，若有志於學習古文，便得涵泳其中，熟習古文的詞彙、語法、風格、聲律。比如風格，聽上去很抽象，王氏提出應該留心觀察古人的謀篇、佈局、煉句，也要了解古人的思想，知道他們怎樣說話，那麼學習古文自然水到渠成。朱熹說：「觀書，須靜着心，寬着意思，沉潛反覆，將久自會曉得去。」一時移世易，今日學生要修讀的科目很多，課業也重，很難做到沉潛反覆，涵泳其中。話雖如此，若果日後閱讀古文，不再停留於「逐皮毛麤」，大概弄懂，而能注意王氏所提數點，這誠然會大大提高學習的質量。

學習文言，一般從字形講起，至於通曉音義，乃至掌握文章的旨要、思想，便大抵可以了。遇到不明白的地方，查查註釋，翻翻字典，對照白話翻譯，也不會有多大問題。在此之上，王力希望大家多學一點別的相關的學科，讀古書才有望讀得深入，讀得透徹。王氏特別談到中國古代的曆法，介紹了年歲、月、晦、朔、望、朏、弦等概念；也談到天文學的知識，如古人以土圭測量日影，夜考中星，藉此規定節氣。王氏的提倡，對於有心長期浸淫古漢語的人來說，絕對是有益的。古人博覽群書，六經子史、星曆地理，莫不淹貫。至於現代人，我們似乎沒有必要上追古人，但接觸一些天文曆法的基礎知識，也是有好處的。這些知識，其實跟生活息息相關。比如我們時常聽到所謂「雙春兼閏月」，若有曆法的知識，就知道這是置閏的問題。古人很早發現回歸年與朔望月和日的長度並不一致，於是用三年加一閏、五年二閏、十九年七閏的辦法，調和陰陽曆之間的落差。因此，陰曆某些年份會多出一個月，共十三個月，多出來的月份就是「閏月」。如果十三個月跨歷兩次立春，就是「雙春」。提到立春，也順帶談談節氣。在香港這個金融城市，人們除了清明、大暑、冬至幾天，好像不怎麼重視農業社會講究的節氣。二零一六年，二十四節氣列入聯合國教科文組織「人類非物質文化遺產代表作名錄」，我們是否也得了解一下，為甚麼說芒種「多吃苦」？古人說「正好清明連穀雨，一杯香茗坐其間」，究竟是怎麼樣的情境？

《常識》不僅有益於初學古文者，對於以語言文字為研究專業的人而言，亦有指導意義。王氏說，研究古漢語，要懂得古音、語法，也要特別留意那些看上去淺易，但古今意義有別的詞彙。另外，作者又提到要建立歷史發展觀點，注意語言的時代性、社會性，即是語言的演化流變及其規律。漢語是不斷變化的，意識到這點，不僅幫助準確弄懂古文的意思，也能理繹出某字某詞為甚麼今天這麼寫、這麼唸、這麼解。我們知道中古漢語的全濁聲母，在現代多數方言中已經轉化為清聲母。以粵語為例（鄭張尚芳提到，廣東連山、陽山片粵語尚保留全濁聲母濁讀），我們發塞音、擦音或塞擦音時，聲帶不振動，如「凍」不讀〔duŋ3〕，而讀作〔tuŋ3〕。涉獵音韻學的知識，對閱讀古文詩詞、考究語言發展，都有很大裨益。

本書最後三篇文章，學術意味較濃。王氏談到不同國家民族，其觀念有綜合與分析的現象，這又影響到觀念與語言的關係。又討論到思維和語言如何相互依存，卻自有區別。又社會進步、邏輯發展，如何影響概念和語言的外延。作者亦簡述了中國語言研究的成績，提出語言學發展的方向。這些內容，初學者未必需要關心，但不妨讀一讀，看看語言學者究竟關注甚麼課題。

《常識》是部普及讀物，寫得比較扼要簡明，因此，要深入了解王力對某些論題的看法，還得結合他其他論著去看。比如在〈文言的學習〉一文中，王氏談到上古沒有使成式和處置式兩種句法，礙於篇幅，只是匆匆帶過。若參考王氏《中國語法理論》，便發現該書第二章的討論更為詳細。如談「處置式」，王氏以為它和主動句有別，前者語氣較重。所論諸種句式，不似《常識》僅以古代漢語為限，亦兼及其在現代漢語、德語的使用情況。又如《常識》談到不少古漢語語音的問題，初學者大概了解「時有古今，地有南北。字有更革，音有轉移」，就已經不錯了。若然要登堂入室，建議參考王氏《中國音韻學》（一九三六年商務印書館初版。後中國書局重印，書名易為《漢語音韻學》）、《漢語史稿》等專著，尤其後者，仔細討論了漢語由古迄今的語音、語法、詞彙的發展，高瞻遠矚，規模甚宏，已成了漢語史研究的經典，很值得參考。

當然，閱讀此書時，我們也有地方要注意。王力學問深博，著作等身，卻不忘知識之日新又新，不斷修正己說。就如一九五七年出版《漢語史稿》，後來多次重版，王氏都作了校正。讀到《常識》討論語音、語法、詞彙的部份，亦需留意作者在其他著述中的修訂。再者，此書撰於四十年前，不但作者繼有新見，且後來學者耽研勤攻，剖析前說，其論述必有更轉精密之處，有志者不妨並加參考，以得酌理富才之功。

黃啟深

註釋：

[1] 《古代漢語常識》本為王力應人民教育出版社所撰的一本小冊子，一九七九年初版，內容較少，相當於後來諸種版本所收〈古代漢語常識〉一文。二零零二年，北京商務印書館重印，翌年再刷，除上述一篇，又多收五篇，凡六篇文章。二零零二年起，北京出版社出版《大家小書》系列叢書，《常識》於二零一五年出版，增收文章至十篇。二零一六年一月和七月，北京出版社兩度重印是書，有平裝、精裝兩種。另外，中華書局自二零一三年整理出版《王力全集》，二零一五年出齊，凡二十五卷，《常識》所收文章，散見於卷二十《龍蟲並雕齋文集補編》（二零一五）、卷二十一《龍蟲並雕齋文集外編》（二零一四）二種。

黃啟深，香港中文大學中國語言及文學系學士、哲學碩士，曾任香港中文大學中文系兼任講師、香港公開大學人文社會科學院兼任講師。

古代漢語常識

一、甚麼是古代漢語

古代漢語是跟現代漢語相對的名稱：古代漢族人民說的話叫作古代漢語。但是，古人已經死了，現代的人不可能聽見古人說話，古人的話只能從古代留傳下來的文字反映出來。因此，所謂古代漢語，實際上就是古書裏所用的語言。

語言是發展的，它處在不斷的變化中。中國的文化是悠久的，自從有文字記載到今天，已經有三千多年的歷史。所謂古代漢語，指的是哪一個時代的漢語呢？是上古漢語，是中古漢語，還是近代漢語呢？

的確是這樣。我們如果對古代漢語進行嚴格的科學研究，的確應該分為上古時期（一般指漢代以前）、中古時期（一般指魏晉南北朝隋唐）、近代時期（一般指宋元明清），甚至還可以分得更細一些。那樣研究下去，就是「漢語史」的研究。但是，那是漢語史專家的事情，一般人並不需要研究得那樣仔細，只要籠統地研究古代漢語就行了。

研究古代漢語不分時代，大致地說，也還是可以的。封建社會的文人們喜歡仿古，漢代以前的文章成為他們學習的典範。中古和近代的文人都學着運用上古的詞彙和語法，他們所寫的文章脱離了當時的口語，盡可能做到跟古人的文章一樣。這種文章叫作「古文」，後來又叫作「文言文」（用文言寫的詩叫作「文言詩」）。我們通常所謂古代漢語就是指的這種「文言文」。照原則說，文言文是不變的，所以我們可以不分時代研究古代漢語。當然，仿古的文章不可能跟古人的文章完全一樣，總不免在無意中夾雜着一些後代的詞和後代的語法。不過那是罕見的情況。

歷代都有白話文。近代的文學作品中，白話文特別多，如《水滸傳》《儒林外史》《紅樓夢》等。這些也都屬於古代漢語，但是一般人所説的古代漢語不包括近代白話文在內，因為這種白話文跟現代漢語差不多，跟文言文的差別卻是很大的。

這本小冊子所講的古代漢語就是文言文，所以不大談到歷史演變，也不談到古代白話文。這裏先把古代漢語的範圍交代清楚，以後講到古代漢語的時候，就不至於引起誤解了。

二、為甚麼要學習古代漢語

為甚麼要學習古代漢語？首先是為了培養閱讀古書的能力，以便批判地繼承祖國的文化遺產；其次是因為古代漢語對現代語文修養也有一定的幫助。現在把這兩個理由分別提出來談一談。

第一，中國有幾千年文化需要我們批判地繼承下來。我們每一個人或多或少地總要接觸古代文化。有時候，是別人先讀了古書，然後用現代語言講給我們聽，例如我們所學的中國史就是這樣。有時候，是別人從古書中選出一篇文章或書中的某一章節的原文，加上註解，讓我們閱讀，例如我們所學的語文課，其中有一部份就是這樣。將來我們如果研究歷史，就非直接閱讀古代的史書不可；如果研究古典文學，也非直接閱讀古代的文學作品不可。研究哲學的人必須了解中國的哲學史，研究政治的人必須了解中國歷代的政治思想，研究經濟的人必須了解中國歷代特別是近代的經濟情況，他們也必須直接閱讀某些古書。學音樂的人有必要知道點中國音樂史，學美術的人有必要知道點中國美術史，他們也不免要接觸古書。就拿自然科學來說，也不是跟古書完全不發生關係的。學天文、數學的，不能不知道中國古代天文學和數學的輝煌成就；學醫學、農學的，不能不知道中國古代醫學上、農學上有許多寶貴經驗；學工科的，也不能不知道中國古代不少工程是走在世界建築學的前面的。當然，我們也可以靠別人讀了講給我們聽，或用現代白話文寫給我們看，但是到底不如自己閱讀原文那樣親切有味，而且不至於以訛傳訛。

在中學時代，還不能要求隨便拿一本古書都能看懂，但是，如果多讀些文言文，就可以打下良好的基礎。

我們研究中國古代文化，必須剔除其糟粕，吸收其精華。但是，如果我們連書都沒有讀懂，也就談不上辨別精華和糟粕了。因此，培養閱讀古書的能力，是批判地繼承文化遺產的先決條件。

第二，現代漢語是從古代漢語發展來的，現代漢語繼承了古代漢語的許多詞語和典故。因此，我們的古代漢語修養較高，對現代文章的閱讀能力也就較高。像「力爭上游」的「上游」（河流接近發源地的部份），「務虛」的「務」（從事於），本來都是文言詞，現在吸收到現代漢語來了。毛主席說：「我們還要學習古人語言中有生命的東西。由於我們沒有努力學習語言，古人語言中的許多還有生氣的東西我們就沒有充份地合理地利用。當然我們堅決反對去用已經死了的語彙和典故，這是確定了的，但是好的仍然有用的東西還是應該繼承。」我們應該認識到，學習古代漢語，不但可以提高閱讀文言文的能力，同時也可以提高閱讀現代書報的能力和寫作的能力。

三、怎樣學習古代漢語

現代漢語是從古代漢語發展來的，我們學習古代漢語，無論如何不會像學外國語那樣難。但是，由於中國的歷史長，古人距離我們遠了，我們學習古代漢語還是有一定困難的。一般說來，越古就越難。要克服學習上的困難，就應該講究學習的方法。

第一，是讀甚麼的問題。中國的古書，一向被稱為「浩如煙海」，是一輩子也讀不完的。我們學習古代漢語，必須有所選擇。我們應該選讀思想健康而又對後代文言文有重大影響的文章。上古漢語是文言文的源頭，所以我們應該多讀一些漢代以前的文章，當然中古和近代的也要佔一定的比重。

整部的書不能全讀，可以選擇其中的精華來讀。

初學古代漢語，應該利用現代人的選本。首先應該熟讀中學語文課本中的文言文和文言詩。這是經過慎重選擇的，思想健康，其中大部份正是對後代文言文有重大影響的文章。其次，如果行有餘力，還可以選讀《古代散文選》（人民教育出版社出版）和《古代漢語》（中華書局出版）。這兩部書份量太重，最好請老師代為挑選一些，不必全讀。

初學古代漢語不應該貪多，先不忙看《詩經選》《史記選》等，更不必全部閱讀《論語》《孟子》等。「貪多嚼不爛」，這是我們應該引以為戒的。

第二，是怎樣讀的問題。最要緊的是先把文章看懂了。不是浮光掠影的讀，不是模模糊糊的懂，而是真懂。一個字也不能放過，決不能不求甚解。這樣，就應該仔細看註解，勤查工具書。

中學語文課本、《古代散文選》《古代漢語》等書都有詳細的註解。仔細看註解，一般就能理解文章的內容。有時候，每一句話都看懂了，就是前後連不起來，那就要請教老師。讀文章要順着次序讀，有些詞語在前面文章的註解中解釋過了，到後面就不再重複了。

所謂工具書，這裏指的是字典和辭書。字典是解釋文字的意義的，如《新華字典》，辭書不但解釋文字的意義，還解釋成語等，如《辭源》《辭海》。《辭源》《辭海》是用文言解釋的，對初學者來說，也許嫌深了些。《新華字典》雖然是為學習現代漢語編寫的，但是對學習古代漢語也很有幫助，因為其中也收了許多比較「文」的詞義（如「湯」字當「熱水」講），並且收了許多比較「文」的詞（如「夙」sù，就是「早」）。

有了註解，為甚麼還要查字典呢？因為做註解的人不一定知道讀者的困難在甚麼地方：有時候讀者很容易懂的地方有了註解，讀者感到難懂的地方反而沒有註解。查字典是為了補充註解不足之處。學習古代漢語的人必須學會查字典，並且養成經常查字典的習慣。

在學習的過程中，可以試着翻譯一兩篇文章，作為練習。但是初學的時候不要找現成的白話譯文來看，那樣做是沒有好處的。正如外語課本不把課本翻譯出來一樣，中學語文課本也沒有把文言文譯成白話文。假如譯成白話文，就會養成讀者的依賴性，不深入鑽研原文，以了解大意為滿足，這樣就影響學習的效果。

學習古代漢語的人，常常是學一篇懂一篇，拿起另一篇來仍舊不懂。所以需要學習關於古代漢語的一般知識，以便更好地提高閱讀古書的能力。關於古代漢語的一般知識，大致可以分為三個方面：第一是關於文字的知識，第二是關於詞彙的知識，第三是關於語法的知識。掌握了這三方面的知識，就能比較容易地閱讀一般文言文。這本小冊子主要是大略地講講這三方面的知識。掌握了這些淺近的知識以後，可以為閱讀一般文言文打下良好的基礎，以後要提高就容易了。

四、古代漢語的文字

古代漢語是用文字記載下來的，所以學習古代漢語就先得識字。這些字雖然跟現代漢語的字基本上一樣，但是意思不完全一樣，寫法也不完全一樣，所以需要講一講。這裏分為四個問題來講：（一）字形和字義的關係；（二）繁體字；（三）異體字；（四）古字通假。

（一）字形和字義的關係

字形是字的形體，字義是字的意義。漢字有這樣一個特點，就是字形在一定程度上表示字義。字的最初的一種意義叫作「本義」，字的其他意義一般是由本義生出來的，叫作「引申義」。本義和字形是有關係的，懂得這個道理，有助於了解古代漢語的字義。現在舉些例子加以說明。

〔涉〕「涉」的本義是蹚着水過河，所以左邊是「水」（氵就是水）。古文字的「涉」更加形象，寫作，畫的是前後兩隻腳，中間一道河。後來左邊寫成三點水，右邊寫成「步」字，其實「步」字上半代表一隻腳（即止字），下半代表另一隻腳（即反寫的止字，，不是「少」）。蘇軾《日喻》：「七歲而能涉」，其中「涉」字是用的本義。《呂氏春秋·刻舟求劍》[1]：「楚人有涉江者」，其中「涉」字用的是引申義，那不是蹚着水過河，而是乘舟過河。後來又引申為牽涉，涉歷。

〔操〕〔持〕這類字叫作形聲字，左邊是形符（又叫意符），表示意義範疇；右邊是聲符，表示讀音（形符也可以在右邊、上面、下面；聲符也可以在左邊、上面、下面）。「操」「持」都是拿的意思，所以以手（扌）為形符。「操」從喿聲（「喿」即「噪」字），「持」從寺聲。《韓非子·鄭人買履》：「而忘操之。」蒲松齡《狼》：「弛擔持刀。」這兩個字也有細微的分別：「操」又指緊握，引申為操守，節操；「持」泛指拿。

〔墜〕「墜」本作「隊」，從阜（阝），㒸聲（「㒸」即「遂」字）。阜是高大的山，從高山掉下來叫作「隊」，引申為泛指墜落。《荀子．天論》：「星隊木鳴，國人皆恐。」後來加土作「墜」，以區別於隊伍的「隊」。《呂氏春秋．刻舟求劍》：「其劍自舟中墜於水。」

〔契〕〔鍥〕「契」是刻的意思。《呂氏春秋．刻舟求劍》：「遽契其舟。」據《說文》，契刻的「契」寫作「栔」，從木，㓞聲（「㓞」音鍥）。其所以從木，因為木是刻的對象。字又作「鍥」。《荀子．勸學》：「鍥而捨之，朽木不折；鍥而不捨，金石可鏤。」「鍥」從金，契聲。其所以從金，因為金是刻的工具（刻刀是金屬做的）。

〔載〕「載」從車，𢦏聲（「𢦏」音哉），本義是車載。《史記．孫臏》：「竊載與之齊。」引申則船載也叫「載」。柳宗元《黔之驢》：「有好事者船載以入。」

〔窺〕「窺」從穴，規聲。「穴」是窟窿，從窟窿裏看，叫作「窺」。如「管中窺豹」引申為偷看。柳宗元《黔之驢》：「蔽林間窺之。」

〔駭〕「駭」從馬，亥聲，本義是馬驚。《漢書．枚乘傳》：「馬方駭，鼓而驚之。」引申為泛指害怕。柳宗元《黔之驢》：「虎大駭。」

〔鳴〕「鳴」從鳥，從口。這類字叫作會意字。會意字沒有聲符，而有兩個或三個形符。鳥口出聲叫作「鳴」。《詩經．鄭風．風雨》：「風雨如晦，雞鳴不已。」引申為泛指禽獸昆蟲的叫。柳宗元《黔之驢》：「他日，驢一鳴。」

〔顧〕「顧」從頁，雇聲。「雇」音戶。「頁」不是書頁的「頁」，而是音頡（xié）。「頁」是頭的意思。「顧」是回頭看，所以從頁。蒲松齡《狼》：「顧野有麥場。」

〔薪〕「薪」從艸（卄），新聲。「薪」的本義是草柴。蒲松齡《狼》：「場主積薪其中，苫蔽成丘。」也指木柴。《詩經．齊風．南山》：「析薪如之何？匪斧不克。」

〔弛〕「弛」從弓，也聲，本義是把弓弦放鬆。《左傳．襄公十八年》：「乃弛弓而自後縛之。」引申為泛指放鬆。蒲松齡《狼》：「弛擔持刀。」

〔尻〕〔尾〕「尻」從尸，九聲，是形聲字。「尾」，從尸，從毛，是會意字。「尸」，金文作[glyph]，側看像人臥之形。從尸的字，表示人體的部份。「尻」是屁股，「尾」是尾巴。據《說文》說，古人和西南夷人喜歡用毛作尾形以為裝飾，所以「尾」字從毛。蒲松齡《狼》：「身已半入，止露尻尾。」

〔賤〕「賤」從貝，戔聲。「賤」的本義是價格低，所以左邊是「貝」（上古時代，貝殼被用為貨幣）。白居易《賣炭翁》：「心憂炭賤願天寒。」其中「賤」字是用的本義。引申為地位低。

〔駕〕「駕」從馬，加聲。「駕」的本義是把車軛放在馬身上（駕車就是趕車），所以下邊是「馬」。白居易《賣炭翁》：「曉駕炭車輾冰轍。」其中「駕」字是用的本義。引申為駕馭。

〔險〕「險」從阜，僉聲。「險」的本義是險阻，所以其字從阜，阜就是山。《列子·愚公移山》：「吾與汝畢力平險。」

（二）繁體字

漢字簡化，是中國文化史上一件大事。由繁體變為簡體，易寫易認，人們在學習上方便多了。但是古書是用繁體字寫的，我們目前還不能把所有的古書都改成簡體字。我們學習古代漢語，最好認識繁體字，因為將來讀到古書原本時，總會接觸到繁體字的。

並不是每一個字都有繁簡二體，例如「人」「手」「足」「刀」「尺」等字，從古以來筆畫簡單，不需要再造簡體。有些字，筆畫雖不簡單（例如鞭子的「鞭」），到目前為止，也還沒有簡化。但是，有許多字已經簡化了。

漢字簡化，最值得注意的是同音代替的情況：讀音相同的兩個字或三個字，簡化以後合併為一個字了。這又分為兩種情況。第一種情況是原來兩個（或三個）繁體字都廢除了，合併為一個簡體字。這裏舉幾個例子。

〔發、髮〕一律簡化為「发」。古代「發」「髮」不通用，发出、发生的「发」寫作「發」，頭发的「发」寫作「髮」。例如：

1、齊軍萬弩俱發。[2]（《史記·孫臏》）

2、夫因兵死守蓬茅，麻苧衣衫鬢髮焦。（杜荀鶴《時世行》）

〔獲、穫〕一律簡化為「获」。古代「獲」「穫」一般不通用，获得的「获」寫作「獲」，收获的「获」寫作「穫」。例如：

1、獲楚魏之師，舉地千里。（李斯《諫逐客書》）

2、春耕，夏耘，秋穫，冬藏。（晁錯《論貴粟疏》）

〔復、複〕一律簡化為「复」[3]。古代「復」「複」不通用：「復」是現代「再」的意思，又解作「恢復」；「複」是「重複」。例如：

1、居十日，扁鵲復見。（《韓非子·扁鵲見蔡桓公》）

2、則吾斯役之不幸，未若復吾賦不幸之甚也。（柳宗元《捕蛇者說》）

3、每字有二十餘印，以備一板內有重複者。（沈括《活板》）

4、複道行空，不霽何虹？（杜牧《阿房宮賦》）

第二種情況是原來兩個（或三個）字保存筆畫簡單的一個，使它兼代筆畫複雜的一個（或兩個）。這裏舉幾個例子。

〔餘、余〕一律寫作「余」。古代「餘」「余」不通用，剩余的「余」寫作「餘」，當「我」講的「余」寫作「余」。例如：

1、其餘，則熙熙而樂。（柳宗元《捕蛇者說》）

2、後百餘歲有孫臏。（《史記・孫臏》）

3、余聞而愈悲。（柳宗元《捕蛇者說》）

〔雲、云〕一律寫作「云」。古代「雲」「云」不通用[4]，云雨的「云」寫作「雲」，當「說話」講或當語氣詞用的「云」寫作「云」。例如：

1、旌蔽日兮敵若雲。（《楚辭・國殤》）

2、雲霏霏而承宇。（《楚辭・涉江》）

3、後世所傳高僧，猶云錫飛杯渡。（黃淳耀《李龍眠畫羅漢記》）

4、嘗貽余核舟一，蓋大蘇泛赤壁云。（魏學洢《核舟記》）

〔後、后〕一律寫作「后」。古代「後」「后」一般不通用。「後」是前後、先後的「後」，「后」是后妃的「后」。前後、先後的「後」有時候寫作「后」（罕見）；后妃的「后」決不能寫作「後」。例如：

1、今雖死乎此，比吾鄉鄰之死則已後矣。（柳宗元《捕蛇者説》）

2、媼之送燕后也，持其踵為之泣。（《戰國策·觸讋説趙太后》）

〔徵、征〕一律寫作「征」。古代「徵」「征」一般不通用，徵求、徵召、徵驗、徵税的「徵」寫作「徵」，征伐、征途、征徭的「征」寫作「征」。徵税的「徵」寫作「徵」，有時候也寫作「征」，但是征伐的「征」決不寫作「徵」，徵求、徵召、徵驗的「徵」一定寫作「徵」，決不寫作「征」。例如：

1、爾貢苞茅不入，……寡人是徵。（《左傳·僖公四年》）

2、昭王南征而不復，寡人是問。（同上）

3、桑柘廢來猶納税，田園荒後尚徵苗。（杜荀鶴《時世行》）

4、任是深山更深處，也應無計避征徭。（同上）

5、京師學者咸怪其無徵。（《後漢書·張衡傳》）

〔乾、幹、干〕一律寫作「干」（不包括乾坤的「乾」）。「乾」和「干」同音，

「幹」和「干」同音不同調（「幹」去聲，「干」陰平聲）。古代「乾」「幹」「干」不通用。「乾」是乾燥的「乾」，「幹」是樹幹、軀幹的「幹」（這個意義又寫作「榦」）和才幹的「幹」，「干」是盾牌（「干戈」二字常常連用）。例如：

1、凡稻，旬日失水即愁旱乾。（宋應星《稻》）

2、柏雖大幹如臂，無不平貼石上。（徐宏祖《遊黃山記》）

3、田園寥落干戈後，骨肉流離道路中。[5]（白居易《望月有感》[6]）

以上所述一個簡體字兼代古代兩個字的情況是值得特別注意的。但是大多數的情況是一個簡體字替換一個繁體字，如「书」替換了「書」，「选」替換了「選」，「听」替換了「聽」，等等，只要隨時留心，繁體字是可以逐漸熟悉的。

（三）異體字

所謂異體字，是一個字有兩種以上的寫法。例如「綫」字在古書中，既可以寫作「綫」，又可以寫作「線」。「于」字在古書中，既可以寫作「于」，又可以寫作「於」[7]。在今天，漢字簡化以後，異體字也只保留一個了，如用「綫」（簡作「线」）不用「線」，用「于」不用「於」。但是我們閱讀古書，還是應該認識異體字。

廢除異體字，大致有兩個標準。第一個標準是保留筆畫較少的字，第二個標準是保留比較常見的字。這兩個標準有時候發生矛盾。例如「于」字比「於」字筆畫少，但是「於」字比「于」字常見。依照簡化的原則，決定採用了「于」字。又如「無」字比「无」字常見，「傑」字比「杰」字常見，「淚」字比「泪」字常見[8]，「无」「杰」「泪」筆畫較少，被保留下來，而「無」「傑」「淚」就廢除了。

有時候，某些異體字不但筆畫多，而且很少用，當然就廢除了。例如：

德：悳　　匆：悤　　奔：犇　　粗：麤　　梁：樑

這裏不可能把所有的異體字都開列出來。只是舉出一些例子，使大家注意這種現象。我們讀古書的時候遇見異體字，一查字典就解決了。

（四）古字通假

通是通用，假是借用（「假」就是「借」的意思）。所謂古字通假，就是兩個字通用，或者這個字借用為那個字的意思。古字通假常常是兩個字讀音相同或相近，其中一個算是「本字」，另一個算是「假借字」。例如「蚤」的本義是跳蚤，但是在《詩經》裏借用為「早」（《豳風．七月》：「四之日其蚤，獻羔祭韭。」），在早晨的意義上，「早」是本字，「蚤」是假借字。這種假借字，在上古的書籍裏特別多。例如：

1、秦伯說，與鄭人盟。（《左傳．僖公三十年》）
（「說」假借為「悅」。）

2、先生不羞，乃有意欲為收責於薛乎？（《戰國策．齊策》）
（「責」假借為「債」。）

3、距關，毋內諸侯。（《史記．項羽本紀》）
（「距」假借為「拒」，「內」假借為「納」。）

4、願伯具言臣之不敢倍德也。（同上）

（「倍」假借為「背」。）

古字通假的問題是很複雜的，現在先講一個大概，以後還可以進一步研究。

五、古代漢語的詞彙

詞彙是一種語言裏全部的詞，在漢語裏，一個一個的詞合起來構成漢語的詞彙。我們學習古代漢語，詞彙佔着極其重要的地位。如果掌握了古代漢語詞彙，就可以算是基本上掌握了古代漢語，因為古今語法的差別不大，古今語音的差別雖大，但是不懂古音也可以讀懂古書。惟有古代漢語的詞彙，同現代漢語的詞彙差別相當大，非徹底了解不可。下面分為四個問題來談：（一）古今詞義的差別；（二）讀音和詞義的關係；（三）用典；（四）禮貌的稱呼。

（一）古今詞義的差別

古代的詞義，有些是直到今天沒有變化的，例如「人」「手」「大」「小」「飛」

等。有些則是起了變化的，雖然變化不大，畢竟古今不同，如果依照現代語來理解，那就陷於錯誤。我們讀古代漢語，不怕陌生的字，而怕熟字，對於陌生的字，我們可以查字典來解決；至於熟字，我們就容易忽略過去，似懂非懂，容易弄錯。現在舉些例子來說明古今詞義的不同。

〔**兵**〕今天的「兵」指人，上古的「兵」一般指武器。《楚辭·國殤》：「車錯轂兮短兵接。」後代也沿用這個意義，如「短兵相接」，但是也像現代一樣可以指人了。

〔**盜**〕今天的「盜」指強盜，上古的「盜」指偷（今天還有「盜竊」一詞）。《荀子·修身》：「竊貨曰盜。」後代也像現代一樣可以指強盜了。如「俘囚為盜耳」（司馬光《李愬雪夜入蔡州》）。

〔**走**〕今天的「走」指行路，古代的「走」指跑。如「扁鵲望桓侯而還走」（《韓非子·扁鵲見蔡桓公》）。注意：即使到了後代，「走」字有時也只指跑，不指行路。如「走馬看花」。現在廣東人說「走」也還是跑的意思。

〔**去**〕古人所謂「去」，指的是離開某一個地方或某人。如《詩經·魏風·碩鼠》：「逝將去女，適彼樂土。」「去女」應該理解為「離開你」。又如范仲淹《岳陽樓記》：「則有去國懷鄉，憂讒畏譏。」「去國」應該理解為「離開國都」。又如《史記·孫臏》：「魏將龐涓聞之，去韓而歸。」古書上常說「去晉」「去齊」，應該理解為「離開晉國」「離開齊國」，而不是「到晉國去」「到齊國去」（意思正相反）。這是特別值得注意的。

〔把〕古人所謂「把」，指的是「握住」或「拿着」。如「手把文書口稱敕」（白居易《賣炭翁》）。今天我們僅在說「把住舵」「緊緊把住衝鋒槍」一類情況下，還保存着古代這種意義。

〔江〕古人所謂「江」，專指長江。如「楚人有涉江者」（《呂氏春秋·刻舟求劍》）。

〔河〕古人所謂「河」，專指黃河。如「為治齋宮河上」（《史記·西門豹治鄴》）。「江河」二字連用時，指長江和黃河。如「假舟楫者，非能水也，而絕江河」（《荀子·勸學》）。

〔無慮〕古代有副詞「無慮」，不是無憂無慮的意思，而是「總有」「約有」（指數量）的意思。如「所擊殺者無慮百十人」（徐珂《馮婉貞》）。

〔再〕上古「再」字只表示「兩次」，超過「兩次」就不能說「再」。如「五年再會」，意思是五年之間集會兩次（不是五年之後再集會一次）；又如「再戰再勝」，意思是打兩次仗，一連兩次獲勝（不是再打一次仗，再勝一次）。《史記·孫臏》：「田忌一不勝而再勝。」是說田忌賽馬三場，輸了一場，贏了兩場。唐宋以後，「再」字也有像現代語一樣講的，如「用訖再火，令藥熔」（沈括《活板》）。

〔但〕古代「但」不當「但是」講，而只當「只」講。如「不聞爺娘喚女聲，但聞黃河流水鳴濺濺」（《木蘭詩》）。又如「見其發矢十中八九，但微頷之」（歐陽修《賣油翁》）。又如「無他，但手熟爾」（同上）。蒲松齡《促織》：「但欲求死。」這是沒有例外的。如果我們在古書中看見「但」字時解釋為「但是」，那就錯了。

〔因〕今天「因」字解釋為「因為」，古代「因」字解釋為「於是」，意義大不相同，值得注意。《史記·孫臏》：「齊因乘勝盡破其軍。」應解釋為「齊人於是乘勝大破龐涓的軍」。《廉頗藺相如列傳》：「相如因持璧卻立倚柱。」應解釋為「藺相如於是持璧，卻立倚柱」。柳宗元《黔之驢》：「虎因喜。」應解釋為「於是老虎高興了」。如果把這些「因」字解作「因為」，那就大錯。歐陽修《賣油翁》的「因曰」，也應該解釋為「於是他說」或「接着就說」，而不是解釋為「因為他說」。這是沿用上古的意義。但是唐宋以後，有時候「因」字也當「因為」講，如「夫因兵死守蓬茅」（杜荀鶴《時世行》），那又需要區別看待了。

〔亡〕「亡」的本義是逃亡，本寫作亾，從入，從乚（「乚」即「隱」字），會意。這是說，逃亡的人走進隱蔽的地方。上古時代，「亡」不當死講。《史記·陳涉世家》：「今亡亦死，舉大計亦死。」《廉頗藺相如列傳》：「臣嘗有罪，竊計欲亡走燕。」又：「從徑道亡，歸璧於趙。」

〔好〕「好」的本義是女子貌美，所以「好」字從女子，會意。《史記·西門豹治鄴》：「巫行視小家女好者，云是當為河伯婦。」又：「是女子不好。」《戰國策·趙策》：「鬼侯有子而好，故入之於紂。」（「子」這裏指女兒。）古詩《陌上桑》：「秦氏有好女，自名為羅敷。」

以上所講，是把古代漢語譯成現代漢語來講的。我們也可以反過來做，假定現代漢語裏有某一個詞，譯成古代漢語，應該是甚麼詞呢？那也是很有趣的。讓我們舉出一些例子來看。

〔找〕上古不說「找」，而說「求」。《呂氏春秋·刻舟求劍》：「舟止，從其所契者入水求之。」《史記·廉頗藺相如列傳》：「求人可使報秦者。」《西門豹治鄴》：「求三老而問之。」

〔**放**〕「安放」的「放」，古人不說「放」，而說「置」。如《韓非子·鄭人買履》：「先自度其足，而置之其坐。」

〔**放下**〕把本來拿着或挑着的東西放下來，古人叫「釋」。如「有賣油翁釋擔而立睨之」（歐陽修《賣油翁》）。

〔**換**〕古人不說「換」，而說「易」。如「秦王以十五城請易寡人之璧」（《史記·廉頗藺相如列傳》）。

〔**拉**〕古人不說「拉」，而說「曳」。如「又夾百千求救聲，曳屋許許聲」（林嗣環《口技》）。

〔**睡着**〕古人叫「寐」。如「守門卒方熟寐」（司馬光《李愬雪夜入蔡州》）。

〔**醒**〕在上古漢語裏，睡醒叫「覺」（又叫「寤」），酒醒叫「醒」，「覺」和「醒」本來是有分別的。古書中所謂「睡覺」，也就是睡醒，不是現代語的「睡覺」。如「婦人驚覺欠伸」（林嗣環《口技》），其中的「覺」字沿用了上古的意義。《口技》同時用「醒」字（「丈夫亦醒」「又一大兒醒」），那是古今詞義雜用的例子。

〔**正在**〕古代漢語說「方」。如「守門卒方熟寐」（司馬光《李愬雪夜入蔡州》）。

〔有人〕古代在不肯定是誰的時候，用一個「或」字，等於現代語的「有人」。如「或告元濟曰」（司馬光《李愬雪夜入蔡州》）。又如「或曰：『此鸛鶴也。』」（蘇軾《石鐘山記》）

〔過了一會兒〕古代漢語最常見的說法是「既而」（又說「已而」）。如「既而兒醒，大啼」（林嗣環《口技》）。又如「既而漸近，則玉城雪嶺際天而來」（周密《觀潮》）。

〔差點兒〕古代漢語說「幾」。如「幾欲先走」（林嗣環《口技》）。

〔一點兒也不〕古代漢語說「略不」。如「人物略不相睹」（周密《觀潮》）。又如「而旗尾略不沾濕」（同上）。

〔本來〕古代漢語說「固」。如「我固知齊軍怯」（《史記．孫臏》）。

〔但是〕古人說「然」。如「人人自以為必死，然畏愬，莫敢違」（司馬光《李愬雪夜入蔡州》）。

〔罷了〕古人說「耳」（「爾」）或「而已」。如「俘虜為盜耳」（司馬光《李愬雪夜入蔡州》）。又如「無他，但手熟爾」（歐陽修《賣油翁》）。又如「一桌、一椅、一扇、一撫尺而已」（林嗣環《口技》）。

由此看來，古今詞義的差別是很大的，我們不能粗心大意。如果我們把古書中的「走」看作今天普通話的「走」，把古書中的「睡覺」看作現代語的「睡覺」，等等，那就誤解了古書。這是初學古代漢語的人應該注意的一件事。

（二）讀音和詞義的關係

一個字往往有幾種意義。有時候，意義不同，讀音也跟着不同。在現代漢語裏，已經有這種情況；在古代漢語裏，這種情況更多些。下面舉出一些例子來看。[9]

〔長〕長幼、首長的「長」應讀 zhǎng。如「長幼有序」（《荀子．君子》）。又如「推為長」（徐珂《馮婉貞》）。

〔少〕年輕的意義應讀 shào。如「丈夫亦愛憐其少子乎？」（《戰國策．觸讋說趙太后》）

〔中〕射中、擊中的「中」應讀 zhòng。如「見其發矢十中八九」（歐陽修《賣油翁》）。

〔間〕用作動詞，表示夾在中間或夾雜着的意義時，應讀 jiàn。如「中間力拉崩倒之聲，火爆聲，呼呼風聲，百千齊作」（林嗣環《口技》）。

〔**橫**〕用作橫暴、橫逆的意義時，讀 hèng。如「義興人謂為三橫」（劉義慶《世說新語．周處》）。

〔**奇**〕用來表示零數的意義時，讀 jī。如「舟首尾長約八分有奇」（魏學洢《核舟記》）。

〔**好**〕表示喜歡的意義時讀 hào。如「醫之好治不病以為功！」（《韓非子．扁鵲見蔡桓公》）。「好為《梁父吟》」（《三國志．隆中對》）。又如「好古文」（韓愈《師說》）。「有好事者船載以入」（柳宗元《黔之驢》）。

〔**屬**〕古書中「屬」字往往有囑的意思，也就讀 zhǔ。如「屬予作文以記之」（范仲淹《岳陽樓記》）。

〔**汗**〕可汗的汗讀 hán。如「昨夜見軍帖，可汗大點兵」（《木蘭詩》）。

〔**騎**〕用作名詞時舊讀 jì，當「騎兵」或「騎馬的人」講。如「翩翩兩騎來是誰？」（白居易《賣炭翁》）。

〔**咽**〕用來表示低微的哭聲時讀 yè。如「夜久語聲絕，如聞泣幽咽」（杜甫《石壕吏》）。用來表示咽喉時讀 yān。

〔**亡**〕用作「無」字時讀wú。如「河曲智叟亡以應」（《列子‧愚公移山》）。

〔**度**〕解作測量時讀duó。如「先自度其足」（《韓非子‧鄭人買履》）。又如「度簡子之去遠」（馬中錫《中山狼傳》）。

〔**説**〕解作游説時讀shuì，如「説齊使」（《史記‧孫臏》）。解作喜悦時讀yuè，同「悦」（見上文）。

〔**數**〕解作屢次時，讀shuò。如「扶蘇以數諫故，上使外將兵」（《史記‧陳涉世家》）。又如「幾死者數矣」（柳宗元《捕蛇者説》）。

〔**號**〕用作動詞，解作叫喊或大聲哭的意義時，讀háo。如「誰之永號？」（《詩經‧魏風‧碩鼠》）又如「陰風怒號」（范仲淹《岳陽樓記》）。

〔**旋**〕用作副詞時讀xuàn。如「旋斫生柴帶葉燒」（杜荀鶴《時世行》）。又如「旋見一白酋督印度卒約百人」（徐珂《馮婉貞》）。

〔**將**〕用作名詞時讀jiàng。如「王侯將相寧有種乎？」（《史記‧陳涉世家》）又如「於是乃以田忌為將」（《史記‧孫臏》）。用作動詞時，如果當「率領」講，也讀作jiàng。如「自將三千人為中軍」（司馬光《李愬雪夜入蔡州》）。

〔**幾**〕解作差點兒的「幾」字讀jī。如「幾欲先走」（林嗣環《口技》）。又如

「幾死者數矣」（柳宗元《捕蛇者説》）。

〔予〕當「我」講的「予」讀 yú。如「瞻予馬首可也」（徐珂《馮婉貞》）。當「給」講的「予」讀 yǔ。

由上所述，可見在大多數情況下，一字兩讀只是聲調的差異。例如多少的「少」讀 shǎo（上聲），老少的「少」讀 shào（去聲）；中央的「中」讀 zhōng（陰平），射中的「中」讀 zhòng（去聲）；橫直的「橫」讀 héng（陽平），橫暴的「橫」讀 hèng（去聲），等等。除了聲調不同之外，聲母、韻母完全相同。但也有少數情況是聲母不同的，如長短的「長」讀 cháng，長幼的「長」讀 zhǎng；或者是韻母不同的，如制度的「度」讀 dù，測度的「度」讀 duó；或者是聲母韻母都不同的，如解説的「説」讀 shuō，喜悦的「説」讀 yuè。（這些字在聲調上有同有不同。）

有些字，同一個意義也可以兩讀，例如觀看的「看」，既可以讀陰平，也可以讀去聲。今天我們把「看」字讀去聲，但是讀古典詩詞的時候，為了格律的需要，有時候也還該讀成陰平。如杜甫《春夜喜雨》：「曉看紅濕處，花重錦官城。」又如蘇軾《題西林壁》：「橫看成嶺側成峰，遠近高低各不同。」其中「看」字都該讀 kān。毛主席《菩薩蠻（大柏地）》：「裝點此關山，今朝更好看。」其中「看」

字也該讀kān。這和詞義無關，但是和一字兩讀有關，所以附帶講一講。

(三) 用典

用典，就是運用古書中的話（典故）。作者常常不明説是用典，但是讀者如果古書讀多了，就懂得他是用典。有時候，我們必須懂得那個典故，然後才能了解句子的意思。現在舉出一些例子，並加以説明。

〔並驅〕《詩經．齊風．還》：「並驅從兩狼兮。」蒲松齡《狼》：「骨已盡矣，而兩狼之並驅如故。」按，《詩經》原意是兩人並驅，追趕兩狼。蒲松齡活用這個典故，説成「兩狼並驅」。

〔馬首是瞻〕《左傳》襄公十四年：「荀偃令曰：『雞鳴而駕，塞井夷灶，惟余馬首是瞻。』」意思是説，你們看着我的馬頭的方向，跟着我去戰鬥。徐珂《馮婉貞》：「諸君而有意，瞻予馬首可也。」按，這也是活用典故，那時馮婉貞並沒有騎馬。

〔修門〕《楚辭．招魂》：「魂兮歸來，入修門些。」修門，指楚國首都郢的城門。文天祥《指南錄後序》：「時北兵已迫修門外。」這裏文天祥指的是南宋臨時首都臨安的城門。

〔下逐客令〕 李斯《諫逐客書》：「臣聞吏議逐客，竊以為過矣。」《史記．李斯列傳》：「秦王乃除逐客之令，復李斯官。」文天祥《指南錄後序》：「留二日，維揚帥下逐客之令。」這裏文天祥活用秦始皇下逐客令的故事，指維揚帥李庭芝不能相容，下令要殺他。

〔號呼靡及〕《詩經．大雅．蕩》：「式號式呼。」《小雅．皇皇者華》：「駪駪征夫，每懷靡及。」文天祥《指南錄後序》：「天高地迥，號呼靡及。」

〔烏號肅慎〕《淮南子．原道》：「射者扞烏號之弓。」《國語．魯語》：「武王克商，通道於九夷八蠻，於是肅慎氏貢楛矢石砮。」馬中錫《中山狼傳》：「援烏號之弓，挾肅慎之矢。」

〔處囊脫穎〕《史記．平原君列傳》：「毛遂曰：『臣乃今日請處囊中耳。使遂蚤得處囊中，乃穎脫而出，非特其末見而已。』」馬中錫《中山狼傳》：「今日之事，何不使我得早處囊中，以苟延殘喘乎？異時倘得脫穎而出，先生之恩，生死而肉骨也。」按，這裏馬中錫活用毛遂自薦的故事。「使我得早處囊中」，指東郭先生讓狼躲進口袋裏，「脫穎而出」，指趙簡子走後，狼從口袋裏出來。

〔生死肉骨〕《左傳．襄公二十二年》：「吾見申叔夫子，所謂生死而肉骨也。」註：「已死復生，白骨更肉。」馬中錫《中山狼傳》用了這個典故，見上條。

〔跋胡疐尾〕《詩經．豳風．狼跋》：「狼跋其胡，載疐其尾。」馬中錫《中山狼傳》：「前虞跋胡，後恐疐尾。」

〔蝟縮蠖屈〕〔蛇盤龜息〕皮日休《吳中苦雨》：「如何鄉里輩，見之乃蝟縮！」《周易．繫辭下》：「尺蠖之屈，以求信（伸）也。」《後漢書．安帝紀》：「又有蛇盤於床笫之間。」《抱朴子》：「糧盡，見冢角一物，伸頸吞氣。試效之，輒不復飢。乃大龜爾。」馬中錫《中山狼傳》：「蝟縮蠖屈，蛇盤龜息。」

〔多歧亡羊〕《列子．說符》：「楊子之鄰人亡羊，既率其黨，又請楊子之豎追之。楊子曰：『嘻！亡一羊，何追者之眾？』鄰人曰：『多歧路。』既反，問：『獲羊乎？』曰：『亡之矣。』曰：『奚亡之？』曰：『歧路之中又有歧焉，吾不知所之，所以反也。』心都子曰：『大道以多歧亡羊，學者以多方喪生。』」馬中錫《中山狼傳》：「然嘗聞之，大道以多歧亡羊。」按，這是引用《列子》原文，所以說「嘗聞之」。

〔守株緣木〕《韓非子．五蠹》：「宋人有耕者。田中有株，兔走觸株，折頸而死。

因釋其耒而守株，冀復得兔。兔不可復得，而身為宋國笑。」《孟子．梁惠王上》：「以若所為，求若所欲，猶緣木而求魚也。」馬中錫《中山狼傳》：「乃區區循大道以求之，不幾於守株緣木乎？」按，這是「守株待兔」「緣木求魚」兩個成語的結合。

古書用典的地方很不少。在中學語文課本裏，為了照顧中學水平，不選典故太多的文章。將來如果接觸古書，還會遇見許多典故。應該體會到：大多數典故都是活用的，如果死摳字眼，那就講不通了。

（四）禮貌的稱呼

在現代漢語裏，人稱代詞「您」（nín）是一種禮貌的稱呼。在古代漢語裏，由於封建社會等級制度的關係，禮貌的稱呼規定得很嚴，而且比現代漢語裏的禮貌稱呼多得多。第一人稱用謙稱，第二人稱和第三人稱用敬稱。現在分別加以敘述。

（a）第一人稱　第一人稱就是說話人自稱。在古代漢語裏，第一人稱代詞有「吾」「我」「余」「予」等。但是，說話人對於尊輩或平輩常常用謙稱。

對君自稱為「臣」。如「今在骨髓，臣是以無請也」（《韓非子．扁鵲見蔡桓公》）。在上古時代，對尊輩或平輩，也可以自稱為「臣」。如「君弟重射，臣能令君勝」（《史記．孫臏》）。漢代以後，也自稱為「鄙人」。如「鄙人不慧，將有志於世」（馬中錫《中山狼傳》）。

對尊輩或平輩自稱其名。如「夫以秦王之威，而相如廷叱之」（《史記．廉頗藺相如列傳》）。有時候，寫作「某」，其實也是自稱其名。如「某啓」（王安石《答司馬諫議書》）。正式寫信，實際上還是寫本名的，只是在起草的時候，為了省事，可以用「某」代本名。因此，王安石《答司馬諫議書》中的「某啓」，實際上就是「安石啓」。下文還有四個「某」，都是「安石」的意思。

君對臣，自稱「寡人」。這是春秋戰國時代的稱呼。如「寡人無疾」（《韓非子．扁鵲見蔡桓公》）。又自稱「孤」。這是戰國以後的稱呼。如「孤不度德量力」（《三國志．隆中對》）。

（b）**第二人稱**　第二人稱就是說話人稱呼對話人。在古代漢語裏，第二人稱代詞有「汝」「爾」。但是，在表示尊敬或客氣的時候，第二人稱常常改用敬稱。

臣對君，稱「君」（春秋時代），稱「王」或「大王」（戰國時代及後代）。如「君有疾在腠理」（《韓非子．扁鵲見蔡桓公》）。又如「五步之內，相如請得以頸血濺大王矣」（《史記．廉頗藺相如列傳》）。又稱皇帝為「陛下」。如《史記．淮陰侯列傳》：「陛下不能將兵，而善將將。」（您不會統率士兵，但是您很會統率將軍）。

對一般人表示客氣，稱「子」。如《詩經．鄭風．褰裳》：「子不我思，豈無他人？」也稱「君」。如《三國志．隆中對》：「君謂計將安出？」又稱「足下」。如《史記．陳涉世家》：「足下事皆成。」又稱「公」。如《陳涉世家》：「公等遇雨。」

對有爵位的人稱他的爵位。如《三國志．隆中對》：「將軍身率益州之眾出於秦川，百姓孰敢不簞食壺漿以迎將軍者乎？」又如《史記．廉頗藺相如列傳》：「鄙賤之人，不知將軍寬之至此也。」

對長者，稱「先生」。馬中錫《中山狼傳》：「先生豈有志於濟物哉？」

對朋友，稱其字。古人有名有字，如司馬光名光，字君實；王安石名安石，字介甫。尊輩對卑輩，可以直呼其名，如果對平輩，就該稱其字，才算有禮貌。如王安石《答司馬諫議書》：「重念蒙君實視遇厚，於反覆不宜鹵莽，故今具道所以，冀君實或見恕也。」

（c）第三人稱　第三人稱是說話人同對話人說起的另一個人或另一些人。在古代漢語裏，第三人稱代詞是「其」「之」等。第三人稱也有敬稱，這種敬稱一般就是那人的身份。如《史記．廉頗藺相如列傳》：「公之視廉將軍孰與秦王？」

以上所述，只是比較常見的謙稱和敬稱；此外還有許多謙稱和敬稱，這裏不詳細講了。

六、古代漢語的語法

語法，指的是語言的結構方式。就漢語來說，主要是講詞與詞的關係、虛詞的用法、句子的結構。在本章裏，我們着重講古代語法與現代語法不同的地方。我們打算分七節來講：（一）詞類，詞性的變換；（二）虛詞；（三）句子的構成，判斷句；（四）「倒裝」句；（五）句子的詞組化；（六）雙賓語；（七）省略。

（一）詞類，詞性的變換

古代漢語的詞類，跟現代漢語的詞類大致相同：總共可以分成十一類[10]，即名詞、動詞、形容詞、數詞、量詞、代詞、副詞、介詞、連詞、助詞、嘆詞。現在分別加以敘述。

1、名詞 表示人或事物的名稱的詞，叫作名詞。例如：

其劍自舟中墜於水。（《呂氏春秋‧刻舟求劍》）

黔無驢，有好事者船載以入。（柳宗元《黔之驢》）

時大風雪，旌旗裂。（司馬光《李愬雪夜入蔡州》）

2、動詞 表示人或事物的動作、行為、發展變化的詞，叫作動詞。例如：

一屠晚歸，擔中肉盡。（蒲松齡《狼》）

木蘭當戶織。（《木蘭詩》）

諜報敵騎至。（徐珂《馮婉貞》）

在現代漢語裏，動詞下面還有三個附類：a、判斷詞，即「是」字；b、能願動詞，即「能夠」「會」「可以」「應該」「肯」「敢」等；c、趨向動詞，即「走來」的「來」，「放下」的「下」，「跳下去」的「下去」等。判斷詞和趨向動詞在古代漢語裏都是少見的（參看下文第三節）。能願動詞則是常見的。例如：

以君之力，曾不能損魁父之丘。（《列子．愚公移山》）

鄭人有欲買履者。（《韓非子．鄭人買履》）

爾安敢輕吾射！（歐陽修《賣油翁》）

3、**形容詞** 表示人或事物的形狀、性質的詞，表示動作、行為、發展變化的狀態的詞，叫作形容詞。例如：

寒暑易節。（《列子．愚公移山》）

肉食者鄙，未能遠謀。（《左傳．曹劌論戰》）

將軍身被堅執銳，伐無道，誅暴秦。（《史記．陳涉世家》）

4、數詞 表示數目的詞叫作數詞。例如：

而戍死者固十六七。（《史記．陳涉世家》）

一桌、一椅、一扇、一撫尺而已。（林嗣環《口技》）

策勳十二轉，賞賜百千強。（《木蘭詩》）

5、量詞 表示人或事物的單位的詞，表示動作、行為的單位的詞，叫作量詞。

例如：

距圓明園十里，有村曰謝莊。（徐珂《馮婉貞》）

欲窮千里目，更上一層樓。（王之渙《登鸛雀樓》）

軍書十二卷，卷卷有爺名。（《木蘭詩》）

孤帆一片日邊來。（李白《望天門山》）

量詞還可以細分為兩種：一種是度量衡的單位和其他規定的單位，如「畝」

「卷」等，另一種是天然單位，如「匹」「張」等。在現代漢語裏，表示天然單位時，數詞很少與名詞直接組合，一般總有量詞作為中介；在古代漢語裏，表示天然單位時，數詞經常與名詞直接組合，不需要量詞作為中介。例如「一桌、一椅、一扇、一撫尺」，並不說成「一張桌、一把椅、一把扇、一把撫尺」。

量詞又可以分為名量詞、動量詞。名量詞是「個」「隻」「張」「把」等。動量詞是「次」「趟」「回」「下」等。在古代漢語裏，不但名量詞是罕用的，動量詞也是罕用的。夏禹治水，「三過其門而不入」，不說「過三次」。又如：

齊人三鼓。（《左傳·曹劌論戰》）

於是秦王不懌，為一擊缻。（《史記·廉頗藺相如列傳》）

客莆田徐生為予三致其種。（徐光啓《甘薯疏序》）

6、代詞 代替名詞、動詞、形容詞或數量詞的詞，叫作代詞。例如：

會長老，問之民所疾苦。（褚少孫《西門豹治鄴》）

方欲行，轉視積薪後，一狼洞其中，意將隧入以攻其後也。（蒲松齡《狼》）

余幼好此奇服兮。（《楚辭．涉江》）

余將告於蒞事者，更若役，復若賦，則何如？（柳宗元《捕蛇者說》）

誰可使者？（《史記．廉頗藺相如列傳》）

吾終當有以活汝。（馬中錫《中山狼傳》）

7、副詞 有一類詞，經常用在動詞或形容詞的前面，表示程度、範圍、時間等，這類詞叫作副詞。例如：

度已失期。（《史記．陳涉世家》）

陳勝、吳廣乃謀曰。（同上）

尉果笞廣。（同上）

皆指目陳勝。（同上）

吳廣素愛人。（同上）

臏亦孫武之後世子孫也。孫臏嘗與龐涓俱學兵法。龐涓既事魏，得為

惠王將軍。（《史記．孫臏》）

於是賓客無不變色離席，奮袖出臂，兩股戰戰，幾欲先走。（林嗣環《口技》）

8、介詞 有一類詞，同它後面的名詞、代詞等組合起來，經常用在動詞、形容詞的前面或後面，表示處所、方向、時間、對象等，這類詞叫作介詞。例如：

何不試之以足？（《韓非子．鄭人買履》）

生乎吾後，其聞道也，亦先乎吾。（韓愈《師說》）

叫囂乎東西，隳突乎南北。（柳宗元《捕蛇者說》）

乃取一葫蘆置於地。（歐陽修《賣油翁》）

9、連詞 把兩個詞或兩個比詞大的單位連接起來的詞，叫作連詞。例如：

與王及諸公子逐射千金。（《史記．孫臏》）

既馳三輩畢，而田忌一不勝而再勝。（同上）

於其身也，則恥師焉。（韓愈《師說》）

居廟堂之高則憂其民，處江湖之遠則憂其君。（范仲淹《岳陽樓記》）

10、助詞　助詞附着在一個詞、一個詞組或一個句子上，起輔助作用。在現代漢語裏，助詞可以分為三類：（1）結構助詞，如「的」；（2）時態助詞，如「着」「了」「過」；（3）語氣助詞，如「啊」「嗎」「呢」「吧」。古代漢語文言文裏，時態助詞非常罕見（上古漢語沒有時態助詞），常見的只有結構助詞和語氣助詞。例如：

遂率子孫荷擔者三夫。（《列子．愚公移山》）

自此，冀之南，漢之陰，無隴斷焉。（同上）

諸將請所之。（司馬光《李愬雪夜入蔡州》）

（以上是結構助詞。）

虎見之，龐然大物也。（柳宗元《黔之驢》）

今雖死乎此，比吾鄉鄰之死則已後矣。（柳宗元《捕蛇者說》）

（以上是語氣助詞。）

11、嘆詞　表示感嘆或呼喚應答的聲音的詞，叫作嘆詞。例如：

嗟乎，燕雀安知鴻鵠之志哉！（《史記·陳涉世家》）

嘻，技亦靈怪矣哉！（魏學洢《核舟記》）

以上十一類詞可以合成兩大類，即實詞和虛詞。能夠單獨用來回答問題、有比較實在的意義的詞叫作實詞；不能單獨用來回答問題，也沒有實在的意義，但是有幫助造句的作用的詞叫作虛詞。一般以名詞、動詞、形容詞、數詞、量詞、代詞為實詞，副詞、介詞、連詞、助詞、嘆詞為虛詞。但是代詞所指人或事物是不固定的

（「他」可以指張三，也可以指李四），在古代漢語裏，許多代詞都不能單獨用來回答問題（如「其」「之」），所以從前的語法學家把代詞歸入虛詞一類。下節講虛詞時，我們也是把代詞歸入虛詞的。

詞入句子以後，性質可以改變，如名詞變動詞，形容詞變動詞，等等。這叫作詞性的變換。現在揀古代漢語裏與現代漢語不同的三種詞性變換提出來講一講。

（a）名詞變動詞　事物和行為發生某種關係，古人以事物的名稱表示某種行為，於是名詞變了動詞。例如：

石之鏗然有聲者，所在皆是也，而此獨以鐘名，何哉？（蘇軾《石鐘山記》）

人有百口，口有百舌，不能名其一處也。（林嗣環《口技》）

虎不勝怒，蹄之。（柳宗元《黔之驢》）

皆指目陳勝。（《史記・陳涉世家》）

乃鑽火燭之。（《史記・孫臏》）

假舟楫者，非能水也，而絕江河。（《荀子・勸學》）

孔子師郯子、萇弘、師襄、老聃。（韓愈《師說》）

齊威王欲將孫臏。（《史記・孫臏》）

公將鼓之。（《左傳・曹劌論戰》）

策蹇驢，囊圖書。（馬中錫《中山狼傳》）

先生之恩，生死而肉骨也。（同上）

大喜，籠歸。（蒲松齡《促織》）

（b）形容詞變動詞　這又可以分為兩種情況：第一種是使某物變成某種狀況，叫作「使動」；第二種是把事物看成某種狀況，叫作「意動」。

「使動」的例子：

敵人遠我，欲以火器困我也。（徐珂《馮婉貞》）

（遠我，是使我距離遠。）

吾所以為此者，以先國家之急而後私仇也。（《史記・廉頗藺相如列傳》）

其必曰「先天下之憂而憂，後天下之樂而樂」乎。（范仲淹《岳陽樓記》）

乃出圖書，空囊橐。（馬中錫《中山狼傳》）

（空囊橐，使囊橐空。）

專其利三世矣。（柳宗元《捕蛇者說》）

「意動」的例子：

賊易之。（柳宗元《童區寄傳》）

（「易」，以為容易對付。）

刺史顏證奇之。（同上）

（「奇」，以為奇特。）

愬然之。（司馬光《李愬雪夜入蔡州》）

（c）不及物動詞變及物動詞　不及物動詞是經常不帶賓語的動詞，及物動詞是經常帶賓語的動詞。拿現代漢語說，「起來」「下去」等是不及物動詞，「拿」「打」等是及物動詞。在古代漢語裏，不及物動詞變及物動詞也是一種「使動」。例如：

廣故數言欲亡，忿恚尉。（《史記・陳涉世家》）
（「忿恚尉」是使尉發脾氣。）
臣舍人相如止臣。（《史記・廉頗藺相如列傳》）
（「止臣」是叫我不要這樣做。）
然得而腊之以為餌，可以已大風、攣踠、瘻、癘，去死肌，殺三蟲。（柳宗元《捕蛇者説》）
（「已」是使止，「去」是使去。）
君將哀而生之乎？（同上）
（「生」是使活下去。）
殫其地之出，竭其廬之入。（同上）
（「殫」「竭」都是使盡的意思。）
先生之恩，生死而肉骨也。（馬中錫《中山狼傳》）
（「生死」是使死者復生。）
出圖書，空囊橐。（同上）
（「出」是使出，拿出來。）

下首至尾。（同上）

（「下」是放下。）

又數刀，斃之。（蒲松齡《狼》）

（「斃」是使斃，即殺死。）

（d）名詞用如副詞（用作狀語） 副詞是用作狀語的，如果名詞用作狀語，也就用如副詞。例如：

肉食者謀之。（《左傳‧曹劌論戰》）

而相如廷叱之。（《史記‧廉頗藺相如列傳》）

得佳者籠養之。（蒲松齡《促織》）

有狼當道，人立而啼。（馬中錫《中山狼傳》）

蝟縮蠖屈，蛇盤龜息。（同上）

道中手自抄錄。（文天祥《指南錄後序》）

將軍身被堅執銳。（《史記‧陳涉世家》）

元濟於城上請罪，進誠梯而下之。（司馬光《李愬雪夜入蔡州》）

以上所講的詞性的變換，是古代漢語的主要特點之一，是值得特別注意的。

（二）虛詞

虛詞在漢語語法中起着很重要的作用。古代漢語的虛詞和現代漢語的虛詞有很大的差別。這裏着重講古代漢語的虛詞。虛詞不能全講，只揀重要的、古今差別較大的來講。我們不打算按詞類分開講，因為有些詞是兼屬兩三類的。我們按音序來分先後，只是為了查閱的便利罷了。我們打算講十八個虛詞，它們是：

1、ér 而	2、fú 夫	3、gài 蓋
4、hū 乎	5、qí 其	6、shì 是
7、suǒ 所	8、wèi 為	9、yān 焉
10、yé 耶	11、yě 也	12、yǐ 以

13、yǐ 矣　14、yǔ 與　15、zāi 哉

16、zé 則　17、zhě 者　18、zhī 之

1、而

「而」是連詞。它有三種主要的用法。

第一種用法等於現代的「而且」。例如：

國險而民附。（《三國志‧隆中對》）

號呼而轉徙，飢渴而頓踣。（柳宗元《捕蛇者說》）

中峨冠而多髯者為東坡。（魏學洢《核舟記》）

但是，不是每一個「而」字都能譯成現代的「而且」；有些「而」字只能不譯，它只表示前後兩件事的密切關係。例如：

自吾氏三世居是鄉，積於今六十歲矣，而鄉鄰之生日蹙。（柳宗元《捕

蛇者說》）

惑而不從師，其為惑也，終不解矣。（韓愈《師說》）

第二種用法等於現代的「可是」「但是」。例如：

此用武之國，而其主不能守。（《三國志．隆中對》）

舟已行矣，而劍不行。（《呂氏春秋．刻舟求劍》）

狼亦黠矣，而頃刻兩斃。（蒲松齡《狼》）

西人長火器而短技擊。（徐珂《馮婉貞》）

以槍上刺刀相搏擊，而便捷猛鷙終弗逮。（同上）

第三種用法是把行為的方式或時間和行為聯繫起來。這種「而」字也不能譯成現代漢語。例如：

嘩然而駭者，雖雞狗不得寧焉。（柳宗元《捕蛇者說》）

捷禽鷙獸應弦而倒者，不可勝數。（馬中錫《中山狼傳》）

狼失聲而逋。（同上）

除了上述三種用法之外，還有一種比較特殊的用法，就是當「如果」講。例如：

諸君無意則已，諸君而有意，瞻予馬首可也。（徐珂《馮婉貞》）

2、夫

「夫」字有三種主要用法。

第一種「夫」字是助詞，它用在句子開頭，有引起議論的作用。有「我們須知」「大家知道」的意味。例如：

夫解雜亂紛糾者不控卷，救鬥者不搏撠。（《史記・孫臏》）

夫趙強而燕弱，而君幸於趙王，故燕王欲結於君。（《史記・廉頗藺相如列傳》）

夫寒之於衣，不待輕暖；飢之於食，不待甘旨。（晁錯《論貴粟疏》）

夫六國與秦皆諸侯，其勢弱於秦，而猶有可以不賂而勝之之勢。苟以天下之大，而從六國破亡之故事，是又在六國下矣！（蘇洵《六國論》）

夫羊，一童子可制之，如是其馴也，尚以多歧而亡；狼非羊比，而中山之歧可以亡羊者何限？（馬中錫《中山狼傳》）

第二種「夫」字是代詞（指示代詞），略等於現代的「這個」「那個」「那些」等，但是語意較輕。例如：

且鄙人雖愚，獨不知夫狼乎？（馬中錫《中山狼傳》）

故為之說，以俟夫觀人風者得焉。（柳宗元《捕蛇者說》）

予觀夫巴陵勝狀，在洞庭一湖。（范仲淹《岳陽樓記》）

第三種「夫」字是語氣助詞，表示感嘆語氣。例如：

嗟夫！予嘗求古仁人之心，或異二者之為，何哉？（范仲淹《岳陽樓記》）

悲夫！有如此之勢，而為秦人積威之所劫，日削月割，以趨於亡。（蘇洵《六國論》）

一人飛升，仙及雞犬，信夫！（蒲松齡《促織》）

3、蓋

「蓋」字是副詞，表示「大概」「大概是」。例如：

未幾，敵兵果舁炮至，蓋五六百人也。（徐珂《馮婉貞》）

嘗貽余核舟一，蓋大蘇泛赤壁云。（魏學洢《核舟記》）

蓋簡桃核修狹者為之。（同上）

「蓋」字又是句首助詞，仍帶一些「大概」的意味，表示下邊說的話是一種帶推測性的斷定。例如：

蓋儒者所爭，尤在於名實。（王安石《答司馬諫議書》）

蓋將自其變者而觀之，則天地曾不能以一瞬；自其不變者而觀之，則物與我皆無盡也。（蘇軾《前赤壁賦》）

「蓋」字又是連詞，表示「因為」的意思，仍帶推測性的斷定。例如：

余是以記之，蓋嘆酈元之簡，而笑李渤之陋也。（蘇軾《石鐘山記》）

及敵槍再擊，寨中人又驚伏矣。蓋借寨牆為蔽也。（徐珂《馮婉貞》）

4、乎

「乎」是語氣詞，表示疑問，略等於現代的「嗎」。這是最常見的用法。例如：

若毒之乎？（柳宗元《捕蛇者說》）

汝亦知射乎？吾射不亦精乎？（歐陽修《賣油翁》）

有時候表示反問。例如：

求劍若此，不亦惑乎？（《呂氏春秋．刻舟求劍》）

覽物之情，得無異乎？（范仲淹《岳陽樓記》）

有時候表示揣測，略等於現代的「吧」。例如：

莫如以吾所長攻敵所短，操刀挾盾，猱進鷙擊，或能免乎？（徐珂《馮婉貞》）

助詞「乎」字又表示停頓，沒有甚麼意義。例如：

知不可乎驟得，託遺響於悲風。（蘇軾《前赤壁賦》）

「乎」又是介詞，等於「於」字。例如：

生乎吾前，其聞道也，固先乎吾，吾從而師之；生乎吾後，其聞道也，亦先乎吾，吾從而師之。（韓愈《師說》）

叫囂乎東西，隳突乎南北。（柳宗元《捕蛇者說》）

5、其

「其」字是代詞，等於現代的「他的」「她的」「它的」「他們的」「她們的」「它們的」。例如：

帝感其誠。（《列子．愚公移山》）

斷其喉，盡其肉，乃去。（柳宗元《黔之驢》）

有時候，「其」字只能譯成「他」「她」「它」等，不能譯成「他的」「她的」「它的」等。但是這些「其」字及其後面的動詞（及其賓語）只構成句子的一部份，不能成為完整的句子。例如：

未知其死也。（《史記·陳涉世家》）

（不能單説「其死」。）

其聞道也，固先乎吾。（韓愈《師説》）

（不能單説「其聞道」。）

懼其不已也。（《列子·愚公移山》）

（不能單説「其不已」。）

如果把現代漢語的「他死了」譯成古代漢語的「其死矣」，那是不合古代漢語語法的。

「其」字又等於説「其中的」。例如：

鄴三老、廷掾常歲賦斂百姓，收取其錢得數百萬，用其二三十萬為河伯娶婦。（褚少孫《西門豹治鄴》）

因得觀所謂石鐘者。寺僧使小童持斧，於亂石間擇其一二扣之。（蘇軾《石鐘山記》）

「其」字又可以譯成「那個」「這種」。例如：

至其時，西門豹往會之河上。（褚少孫《西門豹治鄴》）

臣竊以為其人勇士，有智謀。（《史記・廉頗藺相如列傳》）

有蔣氏者，專其利三世矣。（柳宗元《捕蛇者說》）

「其」字又是語氣助詞，放在句子開頭或中間，表示揣測等語氣。例如：

今其智乃反不能及，其可怪也歟！（韓愈《師說》）

6、是

「是」字在古代漢語裏，最普通的用法是用作代詞，當「這」「那」講。例如：

孰知賦斂之毒有甚是蛇者乎？（柳宗元《捕蛇者說》）

是年謝莊辦團。（徐珂《馮婉貞》）

「於是」二字連用，表示「在這個地方」「在這個時候」。有時候，「於是」的意思更空靈一些，表示後一事緊接前一事。例如：

> **於是**集謝莊少年之精技擊者而詔之曰。（徐珂《馮婉貞》）

上文說過，古代文言文一般不用判斷詞「是」字。在某些地方，雖然譯成現代「是」字（判斷詞）似乎也講得通，仍然應該譯成「這」「那」。例如：

> **是**進亦憂，退亦憂。然則何時而樂耶？（范仲淹《岳陽樓記》）
> （這樣，進也憂，退也憂，那麼，甚麼時候才快樂呢？）

7、所

「所」字是結構助詞，它經常跟動詞結合，造成一個具有名詞性質的結構。例如：

> 魯直左手執卷末，右手指卷，如有**所語**。（魏學洢《核舟記》）

君子慎其所立乎？（《荀子‧勸學》）

女亦無所思，女亦無所憶。（《木蘭詩》）

可汗問所欲。（同上）

婉貞揮刀奮斫，所當無不披靡。（徐珂《馮婉貞》）

「所」字也可以跟形容詞結合。但是，在這種情況下，形容詞已變為帶動詞的性質。例如：

莫如以吾所長攻敵所短。（徐珂《馮婉貞》）

（「所長」，等於說「所擅長」；「所短」，等於說「所欠缺」。）

「所」字和動詞的中間，也可以插進副詞或介詞。例如：

自張柴村以東道路皆官軍所未嘗行。（司馬光《李愬雪夜入蔡州》）

是吾劍之所從墜。（《呂氏春秋‧刻舟求劍》）

在現代漢語裏，沒有甚麼虛詞能跟「所」字相當；因此，有時候就沿用古代的「所」字。有時候，人們用「的」字譯「所」字，如把「何所思」譯成「想的是甚麼」；有時候，人們用「甚麼……的」譯「所」字，如把「如有所語」譯成「好像有甚麼說的」。這些都只是譯出大意，並不是說古代的「所」等於現代的「的」。

「所」字及其動詞後面，有時候還可以跟着一個「者」字。例如：

所擊殺者無慮百十人。（徐珂《馮婉貞》）

又可以跟着一個名詞或名詞性詞組。例如：

乃丹書帛曰「陳勝王」，置人所罾魚腹中。（《史記·陳涉世家》）

名詞前面還可以加個「之」字，如「所罾之魚」等。

特別要注意的是「所以」二字連用。古代的「所以」不同於現代的「所以」。古代的「所以」，是追究一個「為甚麼」，或者說明「為了甚麼」。例如：

故君子居必擇鄉，遊必就士，所以防邪僻而近中正也。（《荀子‧勸學》）

（君子居必擇鄉，遊必就士，是為了防邪僻，近中正。）

師者，所以傳道受業解惑也。（韓愈《師説》）

（老師，是為了傳授道理，教給學業，解釋疑難問題的。）

余叩所以。（方苞《獄中雜記》）

（我問這是為甚麼。）

此所以染者眾也。（同上）

（這就是染病人多的原因。）

「所」字另一用法是跟「為」字呼應，表示被動。例如：

僅有敵船為火所焚。（周密《觀潮》）

這種「所」字，在文言白話對譯中，也是可以不必翻譯的。

8、為

「為」（wèi）是介詞，有「給」「替」「為了」「因為」等意思。例如：

苦為河伯娶婦。（褚少孫《西門豹治鄴》）

願為市鞍馬，從此替爺征。（《木蘭詩》）

「為」（wéi）也是介詞，跟「所」字呼應，表示被動。這種「為」字可以譯成「被」字。例如：

僅有敵船為火所焚。（周密《觀潮》）

行將為人所併。（司馬光《赤壁之戰》）

「為」（wéi）又是語氣助詞，用在句末，往往與「何」字呼應，表示反問。例如：

如今人方為刀俎，我為魚肉，何辭為？（《史記．鴻門宴》）

9、焉

「焉」字等於介詞「於」加代詞「是」。放在一句的末尾。例如：

自此，冀之南，漢之陰，無隴斷焉。（《列子．愚公移山》）

（「無隴斷焉」，無隴斷於是，即冀南漢陰無隴斷。）

積水成淵，蛟龍生焉。（《荀子．勸學》）

（「蛟龍生焉」，蛟龍生於是，即生於淵中。）

去村四里有森林，陰翳蔽日，伏焉。（徐珂《馮婉貞》）

（「伏焉」，伏於是，即伏於森林之中。）

有時候，「焉」字並不表示「於是」的意思，只是用來煞句。例如：

寒暑易節，始一反焉。（《列子．愚公移山》）

句讀之不知，惑之不解，或師焉，或不焉。（韓愈《師說》）

「焉」字又是副詞，表示反問。等於現代的「怎麼」或「哪裏」。例如：

且焉置土石？（《列子・愚公移山》）

10、耶

「耶」又寫作「邪」，是語氣助詞，表示疑問或反問。它比「乎」字語氣較輕，略等於現代的「嗎」。例如：

六國互喪，率賂秦耶？（蘇洵《六國論》）

如果前面有疑問代詞或疑問副詞，則略等於現代的「呢」。例如：

又安敢毒耶？（柳宗元《捕蛇者說》）

何憂令名不彰邪？（劉義慶《世說新語・周處》）

豈可近耶？（柳宗元《童區寄傳》）

主上宵旰，寧大將安樂時耶！（畢沅《岳飛》）

11、也

「也」是語氣助詞，表示判斷語氣。在文白對譯時，這種「也」字不必翻譯，但是在譯文中應該加一個判斷詞「是」字。例如：

陳勝者，陽城人也。（《史記．陳涉世家》）
（陳勝是陽城人。）

道之所存，師之所存也。（韓愈《師說》）
（道之所在，就是師之所在。）

此，勁敵也。（徐珂《馮婉貞》）
（這是強大的敵人。）

「也」字也可以解釋疑問，說明原因。例如：

於是趙王乃齋戒五日，使臣奉璧，拜送書於庭。何者？嚴大國之威以修敬也。（《史記．廉頗藺相如列傳》）

強秦之所以不敢加兵於趙者，徒以吾兩人在也。（同上）

吾所以為此者，以先國家之急而後私仇也。（同上）

臣所以去親戚而事君者，徒慕君之高義也。（同上）

有時候，「也」字並非解釋疑問或說明原因，而是表示簡單的肯定和否定。這些地方可以翻譯為「是……的」或「啊」「呢」等。例如：

子子孫孫無窮匱也。（《列子．愚公移山》）

併力西向，則吾恐秦人食之不得下嚥也。（蘇洵《六國論》）

小學而大遺，吾未見其明也。（韓愈《師說》）

則吾斯役之不幸，未若復吾賦不幸之甚也。（柳宗元《捕蛇者說》）

有時候，「也」字不是用來煞句，而是用來引起下面的分句。例如：

懲山北之塞，出入之迂也，聚室而謀曰。（《列子・愚公移山》）

於其身也，則恥師焉，惑矣。（韓愈《師説》）

12、以

「以」字的用法頗多，現在只講四種比較常見的用法。

（1）最常見的用法是用作介詞，表示「拿」「用」的意思。例如：

何不試之以足？（《韓非子・鄭人買履》）

以殘年餘力，曾不能毀山之一毛。（《列子・愚公移山》）

敵人遠我，欲以火器困我也。（徐珂《馮婉貞》）

（2）作為介詞，表示「為了」「因為」「由於」。例如：

吾所以為此者，以先國家之急而後私仇也。（《史記・廉頗藺相如列傳》）

（這是「為了」。）

強秦之所以不敢加兵於趙者，徒以吾兩人在也。（同上）

（這是「因為」。）

以我酌油知之。（歐陽修《賣油翁》）

（這是「由於」。）

（3）作為連詞，表示目的，等於說「來」或「以便」。例如：

吾必盡吾力以拯吾村。（徐珂《馮婉貞》）

（盡我的力量來救我的村子。）

時墨者東郭先生將北適中山以干仕。（馬中錫《中山狼傳》）

（去中山以便求官。）

（4）作為連詞，用法同「而」，可以譯成「而且」。例如：

就其善者，其聲清以浮，其節數以急。（韓愈《送孟東野序》）

古之君子，其責己也重以周，其待人也輕以約。（韓愈《原毀》）

13、矣

「矣」字是語氣助詞，用在句末，等於現代的「了」或「啦」。例如：

舟已行矣。（《呂氏春秋·刻舟求劍》）

官軍至矣！（司馬光《李愬雪夜入蔡州》）

事急矣！（馬中錫《中山狼傳》）

我將逝矣。（同上）

14、與

「與」字是連詞，跟現代的「和」相當。例如：

吾與汝畢力平險。（《列子·愚公移山》）

嘗與人傭耕。（《史記・陳涉世家》）

「與」又是介詞，跟現代的「同」相當。例如：

此猶文軒之與敝轝也。（《墨子・公輸》）

白沙在涅，與之俱黑。（《荀子・勸學》）

「與其」二字連用，跟後面的「孰若」相應，用來比較兩件事的利害得失。例如：

與其殺是僮，孰若賣之？與其賣而分，孰若吾得專焉？（柳宗元《童區寄傳》）

「與」又讀 yú（陽平聲），後來又寫成「歟」。這是語氣助詞，用在句末，表示疑問，跟「耶」的意思差不多，也可以譯成「嗎」或「呢」。例如：

不知周之夢為胡蝶與，胡蝶之夢為周與？（《莊子・齊物論》）

有時候，「與」（歟）又表示一種感嘆語氣或揣測語氣，略等於現代的「啊」或「吧」。例如：

將有作於上者，得吾説而存之，其國家可幾而理歟？（韓愈《原毀》）

15、哉

「哉」是語氣助詞，用在句末，表示感嘆。可譯為「啊」。例如：

嘻，技亦靈怪矣哉！（魏學洢《核舟記》）

在多數情況下，「哉」字與疑問詞相應表示反問，但仍帶感嘆語氣。可以譯為「嗎」或「呢」。例如：

先生豈有志於濟物哉？（馬中錫《中山狼傳》）

禽獸之變詐幾何哉？（蒲松齡《狼》）

16、則

「則」是連詞，表示兩件事的先後相承的關係。可以譯為現代的「就」。例如：

非死則徙爾。（柳宗元《捕蛇者說》）

其餘，則熙熙而樂。（同上）

有時候，「則」字應該譯成「那麼」「那麼……就」。例如：

君不如肉袒伏斧質請罪，則幸得脫矣。（《史記·廉頗藺相如列傳》）

三十日不還，則請立太子為王，以絕秦望。（同上）

君將哀而生之乎？則吾斯役之不幸，未若復吾賦不幸之甚也。向吾不為斯役，則久已病矣。（柳宗元《捕蛇者說》）

17、者

「者」字是結構助詞，它經常附在動詞或形容詞的後面，組成名詞性的結構。一般可把「者」字譯成「的」。例如：

存者且偷生，死者長已矣！（杜甫《石壕吏》）

有時候，譯成「的人」更合適些。例如：

募有能捕之者。（柳宗元《捕蛇者說》）

京中有善口技者。（林嗣環《口技》）

有時候，「者」字不再能譯為「的」，它只是和前面的字合成一個名詞。例如：

時墨者東郭先生將北適中山以干仕。（馬中錫《中山狼傳》）

向者霸上、棘門軍，若兒戲耳。（《史記．周亞夫軍細柳》）

「者」字又是語氣助詞，用在句末，等於現代的「似的」。例如：

言之，貌若甚戚者。（柳宗元《捕蛇者說》）

然往來視之，覺無異能者。（柳宗元《黔之驢》）

「者」字又放在小停頓的前面（在書面語言中放在逗號前面），表示下面將要有所解釋。例如：

北山愚公者，年且九十，面山而居。（《列子・愚公移山》）

諸葛孔明者，臥龍也。（《三國志・隆中對》）

師者，所以傳道受業解惑也。（韓愈《師說》）

開火者，軍中發槍之號也。（徐珂《馮婉貞》）

如果要解釋原因，也可以採取這個方式。例如：

強秦之所以不敢加兵於趙者，徒以吾兩人在也。（《史記·廉頗藺相如列傳》）

吾所以為此者，以先國家之急而後私仇也。（同上）

18、之

「之」字有兩種主要用法。一種是用作代詞，另一種是用作結構助詞。

「之」字用作代詞，表示「他」「她」「它」「他們」「她們」「它們」，但是只能用在動詞的後面，不能用在動詞的前面。例如：

鄭人有欲買履者，先自度其足而置之其坐。至之市，而忘操之。（《韓非子·鄭人買履》）

有遺男，始齔，跳往助之。（《列子·愚公移山》）

注意：有些「之」字雖可解釋為「它」，但不能翻譯為「它」。現代漢語在這種地方用「它」就很彆扭。這也是古今語法不同的地方。例如：

「吾祖死於是，吾父死於是。今吾嗣為之十二年，幾死者數矣。」言之，貌若甚戚者。（柳宗元《捕蛇者說》）

（「之」指「吾祖死於是，吾父死於是……」這一件事。）

以吾酌油知之。（歐陽修《賣油翁》）

（「之」指手熟就能善射的道理。）

有時候，甚至前面沒有說到甚麼，也可以來一個「之」。例如：

悵恨久之。（《史記．陳涉世家》）

人非生而知之者，孰能無惑？（韓愈《師說》）

如有離違，宜別圖之。（司馬光《赤壁之戰》）

「之」字用作結構助詞，使名詞和前面的詞發生關係，略等於現代的「的」字。

例如：

故不登高山，不知天之高也；不臨深谿，不知地之厚也。（《荀子‧勸學》）

生於高山之上，而臨百仞之淵。（同上）

有時候，「之」字後面不是一個名詞，而是頗長的一個結構，那麼，這個結構也該認為帶有名詞的性質。例如：

則吾恐秦人食之不得下嚥也。（蘇洵《六國論》）

下文第五節講到「句子的詞組化」時，還要再講這個問題。

（三）句子的構成，判斷句

一般的句子由主語和謂語兩部份組成。主語部份是陳述的對象，謂語部份就是陳述的話。例如：

婦‖撫兒。（林嗣環《口技》）

黔‖無驢。（柳宗元《黔之驢》）

主語部份裏的主要的詞叫作主語；謂語部份裏的主要的詞叫作謂語。例如：

君之病‖在腸胃。（《韓非子．扁鵲見蔡桓公》）

（「病」，主語；「在」，謂語。）

公‖亦以此自矜。（歐陽修《賣油翁》）

（「公」，主語；「矜」，謂語。）

句子裏除了主語和謂語以外，還常常要用一些詞做連帶成份。一般講連帶成份，指的是賓語、定語、狀語。

賓語表示行為所涉及的人或物，一般放在動詞的後面，如上面所舉「撫兒」的「兒」，「無驢」的「驢」，「在腸胃」的「腸胃」。又如：

亮躬耕隴畝。（《三國志．隆中對》）

老翁逾牆走，老婦出門看。（杜甫《石壕吏》）

定語放在名詞的前面，用來修飾、限制名詞。例如上文所舉「老翁」的「老」，「君之病」的「君」。又如：

阿爺無大兒，木蘭無長兄。（《木蘭詩》）

以刀劈狼首。（蒲松齡《狼》）

狀語是動詞、形容詞前邊的連帶成份，用來修飾、限制動詞、形容詞的。例如上面所舉「公亦以此自矜」的「亦」「以此」「自」，「晉陶淵明獨愛菊」的「獨」，「故人西辭黃鶴樓」的「西」。又如：

其劍自舟中墜於水。（《呂氏春秋．刻舟求劍》）

於廳事之東北隅施八尺屏障。（林嗣環《口技》）

兒含乳啼。（同上）

賓客意少舒。（同上）

由於謂語性質的不同，句子可以分為三類：（1）敘述句；（2）描寫句；（3）判斷句。

敘述句以動詞為謂語。例如：

諸將請所之。（司馬光《李愬雪夜入蔡州》）

四鼓，愬至城下。（同上）

描寫句以形容詞為謂語。例如：

雄兔腳撲朔，雌兔眼迷離。（《木蘭詩》）

夜半雪愈甚。（司馬光《李愬雪夜入蔡州》）

判斷句以名詞為謂語。例如：

吳廣者，陽夏人也。（《史記・陳涉世家》）

其巫，老女子也。（褚少孫《西門豹治鄴》）

以上所述漢語句子的構成，大多數情況都是古今語法一致的，所以不詳細加以討論。現在只提出判斷句來討論一下，因為古代漢語的判斷句和現代漢語的判斷句卻是大不相同的。

在古代漢語裏，判斷句一般不是由判斷詞「是」字來表示的。最普通的判斷句是在主語後面停頓一下（按現代的標點是用逗號表示），再說出謂語部份（即判斷語），最後用語氣詞「也」字收尾。例如：

浙江之潮，天下之偉觀也。（周密《觀潮》）

（浙江的海潮是天下雄偉的景象。）

有時候，主語後面加上一個「者」字，更足以表示停頓。例如：

師者，所以傳道受業解惑也。（韓愈《師說》）

有時候，判斷語很短，雖然主語後面加上「者」字，「者」字後面也不停頓。例如：

楊誠齋詩曰「海湧銀為郭，江橫玉繫腰」者是也。（周密《觀潮》）

（楊誠齋詩裏說的「海湧銀為郭，江橫玉繫腰」，就是指這樣的景象。

這裏的「是」字不是判斷詞，而是代詞，指這樣的景象。）

如果主語是個代詞，中間一般就沒有停頓（按現代的標點不加逗號），但是仍舊不用判斷詞「是」字。例如：

我區氏兒也。（柳宗元《童區寄傳》）

（我是區家的孩子。）

此謀攻之法也。（孫子《謀攻》）

（這是用謀略攻取的方法。）

誰可使者？（《史記．廉頗藺相如列傳》）

（誰是可以出使的人？）

有時候，句子開頭有個「是」字，但這種「是」字不是判斷詞，而是代詞（等於現代語的「這」）。例如：

星墜木鳴，國人皆恐。曰：是何也？曰：無何也。是天地之變，陰陽之化，物之罕至者也。（荀子《天論》）

（「是」字都應翻譯作「這是」。）

有時候，句子裏沒有主語（主語省略了），只有謂語（判斷語），更用不着判斷詞「是」字。例如：

對曰：「忠之屬也。」（《左傳．曹劌論戰》）

（曹劌說：「這種事是盡了本職的一類事情。」）

虎見之，龐然大物也。（柳宗元《黔之驢》）

（那驢是龐然大物。）

旋見一白酋督印度卒約百人，英將也。（徐珂《馮婉貞》）

（一會兒看見白人頭子率領着大約一百名印度兵，那就是英國的軍官。）

有兩個字能有判斷詞的作用：第一個是「非」字，第二個是「為」字。

「非」字可以認為一種否定性的判斷詞，略等於現代語的「不是」。例如：

人非生而知之者，孰能無惑？（韓愈《師說》）

「為」字可以認為一種肯定性的判斷詞，略等於現代語的「是」。例如：

自馮瀛王始印五經，已後典籍皆為板本。（沈括《活板》）

（五代馮道時開始印五經，從此以後，書籍都是板印的本子。）

若止印三二本，未為簡易。（同上）

（如果只印兩三本，不能算是簡便。）

若印數十百千本，則極為神速。（同上）

（如果印數十、數百、數千本，那就是非常快速的。）

但是要注意：並不是所有的地方都用得上「為」字。例如「童寄者，郴州蕘牧兒也」，在古代漢語裏就很少人寫成「童寄為郴州蕘牧兒」，而且絕對沒有人寫成「童寄為郴州蕘牧兒也」。

古代漢語裏也不是絕對不用判斷詞「是」字。漢代以後，比較通俗的詩文還是用判斷詞「是」字的。例如：

翩翩兩騎來是誰？（白居易《賣炭翁》）

（兩個騎馬的人翩翩而來，他們是誰呀？）

但是，就通常情況說，古代漢語是不用判斷詞「是」字的。這一點必須特別注意。

（四）「倒裝」句

古代漢語的句子和現代漢語的句子，結構方式不很一樣。有時候，賓語放在動詞的前面，若拿現代語的句法來比較，覺得用詞的次序顛倒了，可以叫作「倒裝句」。不過，在古人看來，卻並非「倒裝」，因為古代這種句法是正常的句法。現在分為四種情況來講。

（a）疑問句 在古代漢語的疑問句裏，如果賓語是個代詞，它就放在動詞或介詞的前面。例如：

卿欲何言？（司馬光《赤壁之戰》）

（你想說甚麼？）

客何為者？（《史記．鴻門宴》）

（這客人是幹甚麼的？）

介詞「與」「以」本來有動詞性，它的賓語也該放在它的前面。例如：

微斯人，吾誰與歸？（范仲淹《岳陽樓記》）

（不是這樣的人，我跟誰在一起呢？）

何以知之？（《史記·廉頗藺相如列傳》）

（你憑甚麼知道呢？）

注意：賓語必須是個代詞，然後可以「倒裝」。如果賓語不是代詞，就不能「倒裝」。

(b) 否定句 在古代漢語否定句裏，如果賓語是個代詞，它就放在動詞前面。例如：

古之人不余欺也。（蘇軾《石鐘山記》）

（古人不騙我。）

每自比於管仲、樂毅，時人莫之許也。（《三國志·隆中對》）

（當時沒有誰承認他能比管仲、樂毅。）

城中皆不之覺。（司馬光《李愬雪夜入蔡州》）

（城裏人都不覺察它。「它」指官兵進城這回事。）

注意一：賓語必須是代詞，然後可以「倒裝」。如果賓語不是代詞，即使是否定式，也不能「倒裝」。例如「不聞爺娘喚女聲」（《木蘭詩》）不能說成「不爺娘喚女聲聞」。「遂不得履」（《韓非子．鄭人買履》）也不能說成「遂不履得」。

注意二：否定詞必須是直接放在代詞賓語前面的，然後賓語可以「倒裝」。如果句中雖有否定詞但不是直接放在代詞賓語前面，就不能「倒裝」。例如：

板印書籍，唐人尚未盛為之。（沈括《活板》）

（不能說成「未盛之為」。）

不以木為之者，文理有疏密，沾水則高下不平。（同上）

（不能說成「不以木之為」。）

（c）**「是以」**「是以」這個詞組也算「倒裝」，因為「是以」是「以是」的顛倒，是「因此」的意思（「是」等於「此」；「以」等於「因」）。例如：

今在骨髓，臣是以無請也。（《韓非子・扁鵲見蔡桓公》）

（d）**「之」「是」**「之」和「是」是使句子「倒裝」的一種手段。說話人把賓語提到動詞前面去，只要把「之」或「是」插在賓語和動詞的中間就行了。例如：

富而使人分之，則何事之有？（《莊子・天地》）

（富而讓人分享，還有甚麼事呢？）

惟余馬首是瞻。（《左傳・襄公十四年》）

（只看我的馬頭。）

以上所述的「倒裝句」都是上古時代的語法。到了中古以後，口語已經變為「順裝」，但是在文人的作品裏，這種「倒裝句」還是沿用下來了。

（五）句子的詞組化

兩個或更多的詞的組合，叫作詞組。詞和詞並列地聯合起來，叫作聯合詞組，如「工農」。定語、狀語、補語和中心詞組合起來，叫作偏正詞組，如「中國人民的革命鬥爭」。動詞和賓語組合起來，叫作動賓詞組，如「戰勝敵人」。主語和謂語組合起來做句子的一個成份的，叫作主謂詞組，如「人民相信革命一定會勝利」「我們不知道你來」。

在古代漢語裏（特別是上古漢語裏），主謂詞組很少。凡主語和謂語組合起來，往往算是一個句子；如果要使它詞組化，作為主語或賓語，還得在主語和謂語之間加上一個「之」字，使它變為偏正詞組。例如《史記·廉頗藺相如列傳》「即患秦兵之來」，若依現代漢語語法，只說「就怕秦兵來」就行了（「秦兵來」在這裏是個主謂詞組）；但若依上古漢語語法，「即患秦兵來」不成話，必須說成「即患秦兵之來」（「秦兵之來」是偏正詞組）。我們從古代漢語譯成現代漢語的時候，可以省去「之」字不譯，只譯成「就怕秦兵來」，但是，我們講古代漢語語法的時候，仍應理解為「就怕秦兵的到來」，看成偏正詞組。這又是古代漢語的重要特點之一。

既然古代漢語的主語和謂語結合起來一般地只構成句子而不構成詞組，那麼這種在主語和謂語中間插進一個「之」字的方式也就可以稱為詞組化。例如：

故不登高山，不知天之高也；不臨深谿，不知地之厚也；不聞先王之遺言，不知學問之大也。（《荀子．勸學》）

且夫水之積也不厚，則其負大舟也無力。（《莊子．逍遙遊》）

吾師道也，夫庸知其年之先後生於吾乎？（韓愈《師說》）

師道之不傳也久矣！欲人之無惑也難矣！（同上）

嗚呼！師道之不復，可知矣。（同上）

悍吏之來吾鄉，叫囂乎東西，隳突乎南北。（柳宗元《捕蛇者說》）

豈若吾鄉鄰之旦旦有是哉！（同上）

比吾鄉鄰之死則已後矣。（同上）

有時候，詞組化了以後，並不作為主語，也不作為賓語，只作為不完全句，表示感嘆。例如：

醫之好治不病以為功！（《韓非子・扁鵲見蔡桓公》）

天之亡我，我何渡為！（《史記・項羽本紀》）

（這是天要我滅亡！我還渡江做甚麼！）

這種表示感嘆的不完全句，中古以後就很少見了。

「其」字的意義是「××之」，所以「其」字的作用和「之」字的作用一樣，也能使主謂形式詞組化。例如：

操蛇之神聞之，懼其不已也。（《列子・愚公移山》）

（「其不已」是「懼」的賓語。）

秦王恐其破璧。（《史記・廉頗藺相如列傳》）

（「其破璧」是「恐」的賓語。）

（六）雙賓語

在現代漢語「給他書」這個結構裏，共有兩個賓語：第一個賓語是「他」，因為它和動詞接近，叫作近賓語；第二個賓語是「書」，因為它距離動詞較遠，叫作遠賓語。近賓語是個代詞，遠賓語是個名詞。

在古代漢語裏，「給他書」可以譯成「與之書」。這類結構是常見的。但是，在古代並不限於説「給予」的時候才用雙賓語。雙賓語在古代漢語裏的應用，比現代漢語還要廣泛些。例如：

議不欲予秦璧。（《史記．廉頗藺相如列傳》）
（「秦」，近賓語；「璧」，遠賓語。）
相如視秦王無意償趙城。（同上）
（「趙」，近賓語；「城」，遠賓語。）
問之民所疾苦。（褚少孫《西門豹治鄴》）
（「之」，近賓語；「民所疾苦」，遠賓語。）
使人遺趙王書。（《史記．廉頗藺相如列傳》）
（「趙王」，近賓語；「書」，遠賓語。）

取吾璧，不予我城，奈何？（同上）

（「我」，近賓語；「城」，遠賓語。）

雙賓語中的近賓語，往往用「我」「之」等字。當譯成現代漢語時，可以譯為「給我」「給他」「為了我」「為了他」「對我」「對他」等。

（七）省略

古代漢語另有一種結構也顯得比現代漢語簡單些，那就是所謂「省略」。「省略」是省掉句子裏的一個部份，如省掉主語（《晏子使楚》：「對曰：『（ ）齊人也。』」）；或者是省掉一個詞。這裏我們專講省略一個詞的情況，因為這種省略不但是常見的，而且是容易忽略的。

（a）「於」字的省略

動賓詞組中，賓語如果是代詞（有時候是名詞），而後面的介詞結構是「於」

字加名詞，那麼，這個「於」字往往省略。例如：

西門豹往會之河上。（褚少孫《西門豹治鄴》）

（等於說「會之於河上」。）

復投一弟子河中。（同上）

（等於說「投一弟子於河中」。）

以區區百人，投身大敵。（徐珂《馮婉貞》）

（等於說「投身於大敵」。）

如果謂語是個不及物動詞，謂語後面的介詞是「於」字加名詞，這個「於」字也往往省略。例如：

皆衣繒單衣，立大巫後。（褚少孫《西門豹治鄴》）

（等於說「立於大巫後」。）

如果謂語是個形容詞，謂語後面的介詞是「於」字加名詞或名詞性詞組，介詞結構表示「在……方面」，這個「於」字也往往省略。例如：

西人長火器而短技擊。（徐珂《馮婉貞》）

（等於說「長於火器而短於技擊」。）

火器利襲遠，技擊利巷戰。（同上）

（等於說「火器便於襲遠，技擊便於巷戰」。）

如果謂語是個形容詞，而介詞結構表示比較，「於」字也往往省略。例如：

是兒少秦武陽二歲。（柳宗元《童區寄傳》）

（等於說「少於秦武陽二歲」。）

（b）介詞後面代詞的省略

介詞如果是個「為」字（讀 wèi，為着，為了），或者是個「以」字，介詞後面是個代詞（一般是「之」字），這個代詞可以省略。例如：

女居其中。為具牛酒飯食。（褚少孫《西門豹治鄴》）

（等於說「為之具牛酒飯食」。）

願為市鞍馬，從此替爺征。（《木蘭詩》）

（等於說「願為此買鞍馬」。）

願以聞於官。（柳宗元《童區寄傳》）

（等於說「願以之聞於官」。）

所謂「省略」，其實只是習慣上容許的另一種結構。不能理解為非正式的、例外的。「為具牛酒飯食」，並不比「天子為之具牛酒飯食」更少見，「願以聞於官」並不比「願以之聞於官」更少見。「於」字的省略，也同樣不能理解為非正式。

本章講的是古代漢語語法，特別着重講了古今語法不同之點。為了便於初學，敍述得特別簡單。如果要深入研究古代漢語語法，還要看一些專書。

註釋

1 引文為課本常選者，篇名多從課本。下同。

2 本書所引例句，為閱讀方便，一般以句號結句，有的與原文標點不盡相同。

3 舊時字典也有「复」字，但是一般古書不用。

4 「云」雖是「雲」的本字，但是在古書中「云」和「雲」顯然是有分別的。

5 大意是說，戰爭之後，田園荒蕪了，兄弟們在道路上流浪着。

6 這首詩的全名是《自河南經亂關內阻飢兄弟離散各在一處因望月有感聊書所懷寄上浮梁大兄於潛七兄烏江十五兄兼示符離及下邽弟妹》。

7 嚴格地說，「于」和「於」是略有分別的。這裏從一般的看法。

8 「汨」字一般只出現在小說裏。

9 其中比較常見的一種讀音和意義就不講了，因為大家都知道了。

10 關於詞類，這裏的說法和我主編的《古代漢語》略有不同，因為這裏要與中學語文課本的說法取得一致。

中國古代的曆法

古代的曆法，起於商代以前，後來逐步改進。經過天文學家祖沖之、僧一行、郭守敬等人的研究，到了清代，中國的曆法已經到了完善的地步。這裏簡單地介紹中國古代的曆法。由於曆法和天文有密切關係，同時我們也講一些中國古代天文學的常識。

一、年歲

年和歲是不同的兩個概念。[1]

十二個月為一年。閏年有十三個月。平年有三百五十四日（包括六個大月，六個小月），閏年有三百八十三日。

太陽一周天為一歲。所謂太陽一周天，實際上就是太陽過春分點，循黃道東行，復回到春分點的時間。古人所謂歲，也就是現代天文學所謂回歸年，又叫太陽年。這樣，一歲就是三百六十五又四分一日（實際上是三百六十五點二四一九九日）。《尚書·堯典》上說：「期三百有六旬有六日。」「期」是一周歲的意思，「三百有六旬有六日」（三百六十六日）是說一個整數。這實際上是陽曆的年，中國曆法上叫作「歲實」。

年是陰曆，歲是陽曆。所以說中國古代曆法是陰陽合曆。中國的節氣是陽曆（參看下文）。中國的閏月是用來解決陰陽曆的矛盾的（見下文）。

歲的意義來源於歲星，歲星就是木星。歲星約十二年一周天。古人把黃道附近一周天由西向東分為十二個星次，歲星每年行一個星次。十二次的名稱是星紀、玄枵、諏訾、降婁、大梁、實沈、鶉首、鶉火、鶉尾、壽星、大火、析木。《左傳》襄公二十八年有「歲在星紀」，三十年有「歲在降婁」。《周語·晉語四》有「歲在大火」，都是以歲星紀年，這是最早的紀年法。後人寫文章，為了仿古，也採用這種紀年法，例如潘岳《西征賦》有「歲次玄枵」。

較後的有太歲紀年法。古人把黃道附近由東向西分為十二等分，叫作十二辰，即子丑寅卯辰巳午未申酉戌亥，其順序與十二次正相反。這個順序在應用上並不方便，於是古人設想一個假歲星，叫作「太歲」，讓它由西向東，仍用子丑寅卯辰巳午未申酉戌亥十二辰，於是從寅開始，寅在析木（歲在星紀），卯在大火（歲在玄枵），等等。又為十二辰造了一些別名。即攝提格（寅）、單閼（卯）、執徐（辰）、大荒落（巳）、敦牂（午）、協洽（未）、涒灘（申）、作噩（酉）、閹茂（戌）、大淵獻（亥）、困敦（子）、赤奮若（丑）。屈原《離騷》：「攝提貞于孟陬兮，惟庚寅吾以降。」這是說，屈原生於寅年寅月寅日。[2]

據《爾雅》所載。攝提格等十二辰叫歲陰。另有紀年的十干叫歲陽。歲陽的名稱是閼逢（甲）、旃蒙（乙）、柔兆（丙）、強圉（丁）、着雍（戊）、屠維（己）、上章（庚）、重光（辛）、玄黓（壬）、昭陽（癸）。甲子紀年起於東漢，較早的紀年法是以歲陽和歲陰相配。《史記．曆書》有「焉逢攝提格太初元年（甲寅）、端蒙單閼二年（乙卯）、游兆執徐三年（丙辰）、強梧大荒落四年（丁巳）」[3]，等等。後人仿古，也有採用太歲紀年法的，例如司馬光的《資治通鑒》。

木星繞天一周，實際上不是十二年，而是十一點八六年。所以每隔八十二年就會有一個星次的誤差，叫作「超辰」或「超次」。（漢代劉歆已經發現了超辰。但他說一百四十四年超一辰。）由於超辰的關係，漢以後的歲星紀年法漸漸與實際情況不合，誤差越來越大，所以司馬光《資治通鑒》的歲星紀年，實際上只等於甲子紀年。

二、月

月球運行到太陽和地球之間，跟太陽同時出沒，古人認為是日月相會，叫作䢅（也寫作「辰」），也叫作合朔。月球自合朔繞地球一周再回到合朔，所走的時間是二十九又九百四十分之四百九十九日（實際上是二十九點五三零五九日）。叫作一個月。這個數目不夠三十日，又多於二十九日，所以陰曆有月大月小。月大三十日，月小二十九日，大月和小月相同。也就差不多了。還差一點，所以有時候接連兩個月都是大月。

古人有所謂月建，把一年十二個月和天上的十二辰聯繫起來。依夏曆，斗柄（北斗的柄）指寅，叫作正月（一月），斗柄指卯，叫作二月，辰是三月，巳是四月，午是五月，未是六月，申是七月，酉是八月，戌是九月，亥是十月，子是十一月，丑是十二月。但是，依殷曆，則丑是正月，依周曆，則子是正月。三代的曆法不同。《詩經．豳風．七月》是夏曆和周曆並用，所謂「四月」「七月」

等，指的是夏曆，所謂「一之日（一月）」「二之日（二月）」等，指的是周曆。從漢武帝太初元年（公元前一零四年）直到清代末年，我國一直沿用夏曆，以建寅之月為歲首。今天所謂舊曆，也指夏曆。

三、晦，朔，望，朏，弦

每月的最後一日叫作晦，最初一日叫作朔。朔就是日月合朔的日子。古人很重視朔，因為朔的日子定錯了，時序就亂了。天子告朔於諸侯，諸侯告朔於廟。史官紀事，遇事件發生在朔日，必須寫明。《尚書．舜典》：「十有一月朔巡守。」《詩經．小雅．十月之交》：「十月之交，朔日辛卯，日有食之。」《左傳．僖公五年》：「春王正月辛亥朔，日南至，公既視朔，遂登觀台以望。」後代史書紀事，都沿用此法。

古代以干支紀日，史書上不記月之第幾日，而記干支，所以我們必須查明該月朔日的干支，然後順推知道是月之第幾日。可查杜預《春秋長曆》和陳垣《二十二史朔閏表》。

每月十五日（有時是十六日，偶或是十七日）叫作望。這時地球運行到月亮和太陽的中間。由於太陽和月亮此升彼落，一東一西，遙遙相望，所以叫作望。《釋名·釋天》：「望，月滿之名也。月大十六日，小十五日，日在東，月在西，遙相望。」後人以十五日為望，十六日為既望。蘇軾《赤壁賦》：「壬戌之秋，七月既望，蘇子與客泛舟，遊於赤壁之下。」《後赤壁賦》：「是歲十月之望，步自雪堂，將歸於臨皋。」[4]

每月初三叫作朏，《説文》：「朏，月未盛之明也，從月出。」「朏」是月亮出來了，但是還不十分明亮的意思。月亮和太陽成九十度角，叫作弦。《釋名·釋天》：「弦，月半之名也，其形一旁曲，一旁直，似張弓施弦也。」有上弦下弦之分。上弦指初七或初八，下弦指二十二日或二十三日。

商周時代，一個月分為四部份。第一部份叫初吉，指初一到初七或初八，即朔日到上弦的一段時間。金文《郱敦》：「惟二年正月初吉，王在周邵宮。」第二部份叫既生魄（也寫作「霸」），指初八或初九到十四日或十五日，即上弦到望日的一段時間。《尚書·武成》：「既生魄，庶邦冢君暨百工受命於周。」第三部份叫既望[5]，指十五日或十六日到二十二日或二十三日，即望日到下弦的一段時間。《尚書．召誥》：「惟二月既望，越六日乙未，王朝步自周，則至於豐。」第四部份叫既死魄，指二十三日到二十九日或三十日，即下弦到晦日的一段時間。金文《兮伯吉父盤》：「惟五年三月既死霸庚寅。」又有哉生魄，指初二或初三。《尚書．康誥》：「惟三月哉生魄，周公初基，作新大邑於東國洛。」旁死魄，指二十五日。[6]《尚書．武成》：「惟一月壬辰旁死魄，越翼日癸巳，王朝步自周，於征伐商。」

一個月又分為三部份，叫作旬（甲骨文已有「旬」字）。十天為一旬，又叫「浹日」。《國語．楚語》：「近不過浹日。」十二日為「浹辰」。《左傳．成公九年》：「浹辰之間。」

四、日，時，刻，分，秒

地球自轉一周的時間叫作一日，古人以一晝夜為一日。一日分為十二時（時辰）[7]，一百刻。每刻有十五分，每分有六十秒。

古人以十二辰紀時，所以後人又叫作「時辰」。從半夜算起，叫作子時。「子夜」就是半夜的意思。今人以夜裏十一點到一點的時間為子時，一點到三點為丑時，三點到五點為寅時，五點到七點為卯時，七點到九點為辰時，九點到十一點為巳時，十一點到下午一點為午時，下午一點到三點為未時，三點到五點為申時，五點到七點為酉時，七點到九點為戌時，九點到十一點為亥時，這是符合古制的。

古代計時，用銅壺滴漏法。受水壺裏有立箭，箭上劃分一百刻，所以叫作「刻」。古代所謂「刻」，與今人所謂「刻」稍有不同。現在一晝夜分為九十六刻，而古人一晝夜分為一百刻。[8]

晝夜長短，隨着時節而不同。依《後漢書》，夏至晝六十五刻，夜三十五刻；冬至晝四十五刻，夜五十五刻；春分晝五十五刻八分，夜四十四刻二分；秋分晝五十五刻二分，夜四十四刻八分。這只是就中原地區來說，至於其他各地，晝夜長短是不同的。[9]

遠在商代以前，古人就用干支紀日。以十干配十二支，得六十「甲子」。如下表：

甲子	乙丑	丙寅	丁卯	戊辰	己巳
庚午	辛未	壬申	癸酉	甲戌	乙亥
丙子	丁丑	戊寅	己卯	庚辰	辛巳

壬午　癸未　甲申　乙酉　丙戌　丁亥
戊子　己丑　庚寅　辛卯　壬辰　癸巳
甲午　乙未　丙申　丁酉　戊戌　己亥
庚子　辛丑　壬寅　癸卯　甲辰　乙巳
丙午　丁未　戊申　己酉　庚戌　辛亥
壬子　癸丑　甲寅　乙卯　丙辰　丁巳
戊午　己未　庚申　辛酉　壬戌　癸亥

注意：先秦兩漢，關於每月的日期，都不說初一、初二、初三等，而是用干支紀日。例如《左傳》僖公三十二年：「冬，晉文公卒，庚辰，將殯於曲沃。」據後人考證，這個庚辰是魯僖公三十二年十二月十日。後來曾用初一、初二、初三等紀日法，但歷史學家仍用干支紀日法。

六十甲子大致相當於兩個月，但是由於月大月小合起來只有五十九日，所以每月的干支和日期的對應常常不是一樣的。假定正月初一是甲子，則三月初一是癸亥，等等。

五、四時，節，候

一年分為四時，近代叫作四季。正月、二月、三月為春，四月、五月、六月為夏，七月、八月、九月為秋，十月、十一月、十二月為冬。[10]

一年分為二十四個節氣，古代叫作「節」或叫作「氣」。每月有兩個節氣，在前者叫作節氣，在後者叫作中氣。在正常的時候，二十四個節氣和四時十二個月的配合如下表：

（一）春季

正月	（孟春）	立春	雨水
二月	（仲春）	驚蟄	春分
三月	（季春）	清明	穀雨

（二）夏季

四月（孟夏）　立夏　小滿

五月（仲夏）　芒種　夏至

六月（季夏）　小暑　大暑

（三）秋季

七月（孟秋）　立秋　處暑

八月（仲秋）　白露　秋分

九月（季秋）　寒露　霜降

（四）冬季

十月（孟冬）　立冬　小雪

十一月（仲冬）　大雪　冬至

十二月（季冬）　小寒　大寒

最初的時候，大約只規定了四個節氣，即春分、夏至、秋分、冬至。簡稱「分至」。[11]在《尚書・堯典》裏，叫作仲春、仲夏、仲秋、仲冬（見下文）。後來，增加到八個節氣，即《左傳》僖公五年所謂「分至啓閉」。「分」指春分、秋分；「至」指夏至、冬至；「啓」指立春、立夏；「閉」指立秋、立冬。最後規定為二十四個節氣。在《淮南子》中，二十四個節氣已經具備。

二十四個節氣是一個太陽年的二十四等分，所以我們説節氣是陽曆。一個太陽年共約三百六十五又四分一日，因此，每一個節氣是十五點二日有奇。[12]

比節更小的單位是「候」。每一個節氣有三個候。一個候是五日有奇。古人所謂「時候」，就是指時令和節候。梁簡文帝《與劉孝綽書》：「玉霜夜下，旅雁晨飛，想涼燠得宜，時候無爽。」古人所謂「歲候」，也是指時令和節候。《文選》顏延之《夏夜呈從兄散騎車長沙》詩：「歲候初過半，荃蕙豈久芬！」

講到這裏，我們可以總結一下。所謂歲實，是一歲（一個太陽年）實行之數。八等分為八節（分至啓閉），二十四等分為節氣、中氣，七十二等分為候。

古人憑甚麼規定節氣呢？憑天文。具體的辦法是：晝測日影，夜考中星。

古人用土圭測日影，夏至日影一尺五寸，影最短；冬至日影一丈三尺，影最長。

其餘節氣由此類推。詳見《後漢書．曆法》。

所謂夜考中星，是觀察初昏時刻的中天星座。白天見日不見星，所以要在初昏觀星。《尚書．堯典》說：日中星鳥，以殷仲春；日永星火，以正仲夏；宵中星虛，以殷仲秋；日短星昴，以正仲冬。

仲春、仲秋，指春分、秋分。中，指晝夜平分。日指晝，宵指夜，晝夜平分，則「日中」「宵中」是一樣的。仲夏、仲冬，指夏至、冬至。日永，指夏至晝長；日短，指冬至晝短。仲春日中星鳥，是說春分初昏中星為鶉鳥（即二十八宿中的星宿），仲夏日永星火，是說夏至初昏中星為大火（即心宿）；仲秋宵中星虛，是說秋分初昏中星為虛宿；仲冬日短星昴，是說冬至初昏中星為昴宿。

日躔（太陽經過的星座）在二十八宿中。二十八宿是：

東方蒼龍七宿，角亢氐房心尾箕；

北方玄武七宿，斗牛女虛危室壁；

西方白虎七宿，奎婁胃昴畢觜參；

南方朱雀七宿，井鬼柳星張翼軫。

我們觀測到了初昏中星，也就可以推知日躔所在，同時也可以推知平旦的中星。

所以《禮記．月令》上說：

孟春之月，日在營室[13]，昏參中，旦尾中；
仲春之月，日在奎，昏弧中，旦建星中[14]；
季春之月，日在胃，昏七星中，旦牽牛中[15]；
孟夏之月，日在畢，昏翼中，旦婺女中[16]；
仲夏之月，日在東井[17]，昏亢中，旦危中；
季夏之月，日在柳，昏火中[18]，旦奎中；
孟秋之月，日在翼，昏建星中，旦畢中；
仲秋之月，日在角，昏牽牛中，旦觜觽中[19]；
季秋之月，日在房，昏虛中，旦柳中；
孟冬之月，日在尾，昏危中，旦七星中；
仲冬之月，日在斗，昏東壁中[20]，旦軫中；
季冬之月，日在婺女，昏婁中，旦氐中。

《詩經·鄘風·定之方中》：「定之方中，作於楚宮。」「定」即營室（室宿），「定之方中」，是說昏營室中，指的是夏曆十月。[21]詩人不說「十月」，而說「定之方中」，可見他是有天文學知識的。

六、贏縮

《史記·天官書》：「歲星贏縮。……其趣舍而前曰贏，退舍曰縮。」後來天文學家以贏縮指視太陽在黃道上運行的速度，也寫作「盈縮」。由於地球繞太陽的軌道是橢圓的，視太陽在黃道上運行的速度有快有慢，快的時候叫作贏，慢的時候叫作縮。夏天時速度慢，從春分到秋分，要走一百八十六天多；冬天時速度快，從秋分到春分，只須走一百七十九天多。如果按節氣的平均天數來計算，從冬至到春分有六個節氣，實際上不到九十天，所以曆法上規定的春分並不在晝夜平分的那一天，而是在春分前三天就晝夜平分了；同理，從夏至到秋分有六個節氣，實際上超過九十天，所以曆法上規定的秋分也不在晝夜平分的那一天，而是在秋分後三天才能晝夜平分。

七、定朔，定氣

古人發現日有贏縮之後，知道一年月大月小相間，每年規定為三百五十四日的曆法是不夠精密的。日行有贏縮，月行有遲疾，所以朔日不能不依贏縮遲疾來規定，容許有一連兩個月大或一連兩個月小。這種辦法叫作「定朔」（古法叫作「經朔」）。古代有個朓字，指的是「晦而月見西方」。自從有了定朔之後，「朓」的現象就不再出現了。

古人發現日有贏縮之後，知道一歲為二十四等分以定二十四節氣的曆法是不夠精密的。有些節氣的距離要遠些，有些要近些。古法叫作「恆氣」，新法叫作「定氣」。有了定氣，閏月無中氣的規定也不是完全正確的了。[22]

八、閏月

置閏，是為了解決陰、陽曆的矛盾。上文説過，二十四節氣是太陽年的二十四等分，那是陽曆。歲實一年三百六十五又四分一日。而陰曆每年只有三百五十四日，這樣，每年剩餘十一又四分一日。因此，三年之後，須增加一個月，叫作閏月。閏月一般是二十九日，三年置閏後，還不足三年的歲實，差四又四分三日，所以第五年又要置閏。《易經．繫辭上》說：「五年再閏。」就是這個道理。但是五歲再閏的曆法還不夠精密，因為五年置閏兩次，卻又多出了一又四分三日，所以後人又規定十九年七閏。大約每三十二個月有一個閏月。

《尚書．堯典》說：「以閏月定四時成歲。」為甚麼要有閏月才能定四時，才能成歲呢？周天三百六十度，日行一度時，月行十三又十九分之十七度，如果沒有閏月，則三年差一個月，以後每月都差；九年差三個月，即以春為夏；十七年差六個月，則四時相反，怎能成歲？

商周時代，曆法未密，閏月都在歲末。秦代以十月為歲首，所以閏月稱為後九月。漢初還沿用秦舊法，直到漢武帝太初元年改曆以後，才改為以無中氣的月份為閏月。為甚麼要以無中氣的月份為閏月呢？由於陰、陽曆的矛盾，節氣常常落在月份的後面。中氣本該在月之十六日，逐漸移到晦日（二十九日或三十日）。這是陰、陽曆矛盾到了極點的時候，所以要在這裏安置一個閏月。閏月的節氣在月之十五日，那麼這個節後面的中氣應在下月朔日，所以說「閏月無中氣」。[23]

九、歲差

由於太陽和月亮的引力對於地球赤道的作用，使地軸在黃道軸的周圍作圓錐形的運動，慢慢地向西移動，使春分點以每年約五十秒的速度向西移行[24]，這種現象叫歲差。

首先發現歲差的是晉代天文家虞喜，後來南朝宋何承天、南齊祖沖之、隋劉焯、唐僧一行沿用其法，而更加精密。

古人發現歲差，是由於觀測到節氣的日躔和中星隨時代而不同。《尚書．堯典》說：「日短星昴，以正仲冬。」《禮記．月令》說：「仲冬之月，昏東壁中。」是誰對呢？兩種說法都對。因為《堯典》講的是殷末周初的曆法。《月令》講的是周代的曆法。相距數百年，冬至的中星自然不同了。據《協紀辨方書》，清代冬至的中星又移到危宿。這都證明了歲差。殷時春分日躔在昴，清代春分日躔在室，相距三千多年，日躔變化自然也很大。

懂得歲差，對閱讀古書幫助很大。《尚書．堯典》說：「日中星鳥，以殷仲春；日永星火，以正仲夏；宵中星虛，以殷仲秋；日短星昴，以正仲冬。」偽孔傳的作者不懂歲差，只能含糊地解釋說：「鳥，南方朱雀七宿，春分之昏，鳥星畢見；火，蒼龍之中星，舉中則七星見可知；虛，玄武之中星，亦言七星皆以秋分日見；昴，白虎之中星，亦以七星並見。」孔穎達沿用這種錯誤的解釋。惟有馬融、鄭玄認為「春分之昏七星中，仲夏之昏心星中，秋分之昏虛星中，冬至之昏昴星中」，才是得其正解。宋蔡沈《書集傳》引用唐僧一行的歲差說，證明堯時以鶉火為春分昏之中星，大火為夏至昏之中星，虛宿為秋分昏之中星，昴宿為冬至昏之中星。科學進步，解決了古書中的一些疑難問題。

《夏小正》所講的中星，和《堯典》所講的中星相似。有人根據《夏小正》和《堯典》所講的中星去解釋《詩經》的中星，則陷於錯誤。《詩經．豳風．七月》：「七月流火，九月授衣。」有人解釋說：「火，或稱大火，星名，即心宿。每年夏曆五月，黃昏時候，這星當正南方，也就是正中和最高的位置。過了六月就偏西向下了，這就叫作流。」這是根據《夏小正》和《堯典》來解釋的。《夏小正》說：「五月初昏大火中。」《堯典》說：「日永星火，以正仲夏。」但這種解釋是錯誤的，因為周代的中星已經不再是夏代的中星了。戴震說：「據周時季夏昏火中，故孟秋之月初昏已過中，但見其西流耳。若《堯典》之『日永星火，以正仲夏』，《夏小正》

之『五月初昏大火中』，則流火自六月矣。此虞夏至周，歲差不同也。」（見《詩補傳》）

中國天文學家發現歲差，比西洋為早，這是中國古代燦爛文化之一證。我們研究古代漢語，同時要研究古代曆法；而研究古代曆法，同時要研究天文。這是對研究古代漢語的人較高的要求。

載《文獻》一九八零年第一期

註釋

1 年和歲混用則不別。《爾雅》：「夏曰歲、商曰祀、周曰年、唐虞曰載。」

2 北京大學林庚教授說，屈原並非生於寅年寅月。

3 焉逢即閼逢，端蒙即旃蒙，游兆即柔兆，強梧即強圉。

4 一般註本都說《赤壁賦》「既望」指的是七月十六日，其實是七月十七日，因為那年壬戌七月是大月。

5 這所謂「既望」和後代所謂「既望」（十六日）不同。

6 關於「初吉」「生魄」「死魄」「既望」這些名稱，有各種不同的解說，今依王國維說。

7 現在我們依照國際習慣，一日分為二十四小時。小時只有時辰的一半，所以稱為「小時」。

8 梁天監年間，曾一度改為九十六刻，但不久又改回來了。

9 據清代《協紀辨方書》，夏至晝五十九刻五分，夜三十六刻十分；冬至晝三十六刻十分，夜五十九刻五分；春分，秋分，晝夜各四十八刻。那是依每日九十六刻計算的。與《後漢書》稍有不同。

10 周曆以子月為正月，所以四時都比夏曆早兩個月。《孟子．滕文公上》：「秋陽以暴之。」「秋陽」指的是夏曆五六月的太陽。

11 「分」是晝夜平分的意思。「至」是極、最的意思。夏至日最長，日行最北，日影最短；冬至日最短，日行最南，日影最長。

12 這是所謂恆氣。但實際規定的節氣不是二十四等分。日行有遲有速。冬至日行最速，春分前三日已行天一個象限（九十度），等等。後人曆法精密，以日行天的度數規定節氣，叫作定氣，與恆氣稍有出入，參看下文《贏縮》。

13 營室，即室宿。

14 弧，又叫弧矢，在鬼宿之南。建星在斗宿上。

15 七星，即星宿。牽牛即牛宿。

16 女，即女宿。

17 東井，即井宿。

18 火，即心宿。

19 觜觿，即觜宿。

20 東壁，即壁宿。

21《禮記．月令》：「孟冬之月，昏危中。」營室和危宿距離很近。

22 例如：清咸豐元年八月沒有中氣，置閏；次年二月沒有中氣，不置閏。

23 這是一般的情況，閏月也可能有中氣，那是例外。

24 周天三百六十度，每度六十分，每分六十秒。

文言的學習

文言和語體是對立的，然而一般人對於二者之間的界限常常分不清。普通對於語體的解釋是依照白話寫下來的文章，反過來說，凡不依照白話寫下來的，就是文言。這種含糊的解釋就是文言和語體界限分不清的原因。所謂「白話」，如果是指一般民眾的口語而言，現在書報上的「白話文」十分之九是名不副實的，所以有人把它叫作「新文言」。如果以白不白為語體文言的標準，「新文言」這個名詞是恰當的。但是，現在書報上又有所謂文言文，它和語體文同樣是和一般民眾的口語不合的。那麼，文言和語體又有甚麼分別呢？原來這種文言文就是把若干代詞和虛詞改為古代的形式，例如「他們」改為「彼等」，「的」改為「之」，等等。它和語體文的分別確是很微小的。如果語體文可稱為「新文言」的話，這種文言文可稱為「變質的新文言」，或「之乎者也式的新文言」。

這種「變質的新文言」如果寫得很好，可以比白話文簡潔些。有人拿它來比宋人的語錄。在簡潔一點上，它們是相似的。但是，宋人的語錄是古代詞彙之中雜着當時的詞彙，語法方面差不多完全是當時的形式。現在那些「變質的文言文」所包含的成份卻複雜得多了，其中有古代的詞彙，有現在口語的詞彙，有歐化的詞彙；有古代的語法，有現代口語的語法，有歐化的語法。總算起來，歐化的成份最多，現代口語的成份次之，古代的詞彙又次之，古代的語法最少。由此看來，現在一般所謂文言文並不是民國初年所謂文言文，後者是嚴復林紓一派的文章，是由古文學來的，前者卻是純然現代化的產品，古文的味兒幾乎等於零了。

現在一般人所謂文言文，既可稱為「變質的文言文」，又可稱為「變質的語體文」「白話化的文言」「文言化的白話」等等。這些都可以說明，它和語體文是沒有界限可言的。但是，我們所謂文言卻和現在一般人所謂文言不同，它是純然依照古代的詞彙、語法、風格和聲律寫下來的，不雜着一點兒現代的成份。若依我們的定義，文言和語體就大有分別了。語體文是現代人說的現代話，心裏怎樣想，筆下就怎樣寫。有時候某一些人所寫的話超出了一般民眾口語的範圍，這是因為他們的現代知識比一般民眾的高，他們的「話」實在沒有法子遷就一般民眾的「話」，然而他們並沒有歪曲他們的「話」，去模仿另一個時代的人的文章。文言文卻不是這樣。作者必須把自己的腦筋暫時變為古人的腦筋，學習古人運用思想的方式。思想能像十九世紀中國人的思想就夠了，至於詞彙、語法、風格和聲律四方面，卻最好是回到唐宋或兩漢以前，因為文言文是以古雅為尚的。必須是這樣的文言，才和語體有根本的差異。我們必須對於文言給予這樣的定義，然後這一篇文章才有了立論的根據。

說到這裏，讀者應該明白我們為甚麼向來不主張一般青年們用文言文寫作了。我們並不排斥那種「白話化的文言」。我們只以為它和普通的語體文的性質相似到那種地步，語體文寫得好的人也就會寫它，用不着一本正經地去學習。至於我們所謂文言，純然古文味兒的，卻不是時下的一般青年所能寫出來。科舉時代，讀書人費了十年或二十年的苦功，專門揣摩古文的「策法」，尚且有「不通」的。現代青年們腦子不是專裝古文的了；英文、數學之類盤踞了腦子的大部份，只剩下一個小角落給國文，語體還弄不好，何況文言？中學裏的國文教員如果教學生寫兩篇「白話化」的文言文，我們還不置可否，如果教他們正經地揣摩起古文來，我們就認為是誤人子弟。因為學不好固然是貽笑大方，學好了也就是作繭自縛。文章越像古文，就越不像現代的話。身為現代的人而不能說現代的話，多難受！況且在學習古文的時候不知不覺地學會了古人運用思想的方式，於是空疏、浮誇、不邏輯，種種古人易犯的毛病都來了。所以即使學得到了三蘇的地步，仍舊是得不償失。

甚麼時候可以學習文言呢？我們說是進了大學之後。甚麼人可以學習文言呢？我們說是中國語言文學系的學生。研究中國語言史的人，對於古代語言，不能不從古書中尋找它的形式；研究中國文學史的人，更不能不研究歷代的文學作品。語史學家對於古文，要能分析；文學史家對於古文，要能欣賞。然而若非設身處地，做一個過來人，則所謂分析未必正確，所謂欣賞也未必到家。甲骨文的研究者沒有一個不會寫甲骨文的，而且多數寫得很好。他們並非想要拿甲骨文來應用，只是希望寫熟了，研究甲骨文的時候可以得到若干啓發。語言史和文學史的研究者也應該明白這個道理，如果你對於文言的寫作是個門外漢，你並不算是了解古代的語言和文學——至少是了解得不徹底。

但是，模仿古人，真是談何容易！嚴格地說起來，自古至今沒有一個人成功過。擬古乃是一種違反自然的事情。自己的口語如此，而筆下偏要如彼，一個不留神，就會露出馬腳來。姚鼐、曾國藩之流，總算是一心揣摩古文了，咱們如果肯在他們的文章裏吹毛求疵，還可以找出若干欠古的地方。至於一般不以古文著名的文人，就更常常以今為古了，例如《三國演義》裏所記載的劉備給諸葛亮的一封信：

備久慕高名，兩次晉謁。不遇空回，惆悵何似？竊念備漢朝苗裔，濫叨名爵。伏睹朝廷陵替，綱紀崩摧；群雄亂國，惡黨欺君。備心膽俱裂！雖有匡濟之誠，實乏經綸之策。仰望先生仁慈忠義，慨然展呂望之大才，施子房之鴻略。天下幸甚。社稷幸甚。先此布達，再容齋戒薰沐，特拜尊顏，面傾鄙悃，統希鑒原。

如果現代的人能寫這樣一封文言的信，該算是很好的了。但是，漢末的時代卻絕對不會有這樣的文章。「先此布達」「統希鑒原」一類的話是最近代的書信客套，不會早到宋代。至於排偶平仄，整齊到這種地步，也不會早到南北朝以前。單就詞彙而論，也有許多字義不是漢代所有的。現在試舉出幾個顯而易見的例子來說：

1、「兩次晉謁」的「兩次」，漢代以前只稱為「再」。《左傳·文公十五年》：「諸侯五年再相朝」，就是「五年相朝兩次」的意思。《穀梁傳·隱公九年》：「八日之間再有大變」，也就是「八日之間有兩次大變」的意思。中古以前，行為的稱數法不用單位名詞（如「次」字之類），這裏是詞彙和語法都不合。

2、「不遇空回」的「回」，漢代以前只叫「反」。《論語》「吾自衛反魯」，

《孟子》「則必饜酒肉而後反」，都是「回」的意思。漢代以前的「回」只能有「迂迴」「瀠洄」「邪」「違」一類的意思。

3、「濫叨名爵」的「叨」，「再容齋戒薰沐」的「再」，「特拜尊顏」的「特」，等等，也都是當時所沒有的詞彙。

依古文家的理論看來，這一封信的本身也不是最好的文章，因為它的格調不高。所謂格調不高者，也就是詞彙、語法、風格、聲律四方面都和兩漢以前的文章不相符合的緣故。

咱們現在模仿清代以前的古文，恰像羅貫中模仿漢末或三國時代的古文一樣的困難。雖然咱們距離清代比羅氏距離三國近些，但是，這幾十年來，語文的變遷竟敵得過四五個世紀而有餘。自從白話和歐化兩種形式侵進了現代文章之後，咱們實在很難辨認它和海通以前的正派文章有多少不同之點。然而咱們必須先能辨認文言文的特質，然後才能進一步學習文言文。現在我們試按照上面所說的詞彙、語法、風格、聲律四方面，談一談文言文的特質和學習文言文的方法。

（一）詞彙——詞彙自然是越古越好。因此，每寫一句文言之前，須得先做一番翻譯的功夫。譬如要說「回」，就寫作「返」（或「反」）；要說「走」，就寫作「行」；要說「離開」，就寫作「去」；要說「住下」，就寫作「留」；要說「甜」，就寫作「甘」；要說「闊」，就寫作「廣」；要說「才」（「你這個時候才來」），就寫作「始」；要說「再」（「說了三次他不肯，我不想再說了」），就寫作「復」。其間有些是可以過得去的，例如以「回」代「返」，以「甜」代「甘」，以「闊」代「廣」，雖然欠古，卻還成文；有些是清代以前認為絕對不行的，例如以「走」代「行」，以「離開」代「去」，以「住下」代「留」，以「才」代「始」，以「再」代「復」，等等，簡直是不文。

詞彙雖然越古越好。卻也要是歷代沿用下來的字。有些字的古義未有定論，或雖大家承認上古時代有這個意義，而後世並沒有沿用者，咱們還是不用的好。例如《詩·小雅·頍弁》篇「爾殽既時」，《毛傳》說：「時，善也。」後世並未沿用這個字義，咱們也就不能寫出「其言甚時」或「其法不時」一類的話。

一般人對於文言的詞彙有一種很大的誤會：他們認為越和咱們的口語相反的字越古。其實有些字的壽命很長，可以歷數千年而不衰；有些字的壽命很短，只有幾百年或幾十年存在於人們的口語裏。例如「哭」字和「泣」字都是先秦就有了的；現代白話裏有「哭」字沒有「泣」字，咱們不能因此就認為後者比前者古雅。又如

「裏」字，很像是現代白話裏專有的字，然而《詩·邶風》已有「綠衣黃裏」，《左傳·僖公二十八年》又有「表裏山河」，前者是指衣裳的裏子，後者已經引申為「內」的意義。至於像唐李邕《麓山寺碑》的「月窺窗裏」，簡直和現代白話的「裏」字是完全一樣的意義了。相反的情況例如「憨」字，它雖然對於一般人是那樣陌生，但它卻是南北朝以後的俗語，用於詩詞則可，用於散文則嫌不夠古雅。又如「偌」字，當「如此」或「如彼」講。「偌」字對於一般人，當然比「如此」或「如彼」要陌生得多；然而「偌多」「偌大」並不比「如彼其多」「如彼其大」更古雅。相反地，後者比前者古雅得多了，因為《孟子》說過：「管仲得君，如彼其長也；行乎國政，如彼其久也；功烈，如彼其卑也。」其中正作「如彼」；而「偌」字非但不見於古書，而且不見於現代正派的文章。由此類推，寫文言文的時候，與其說「尪」，不如說「弱」；與其說「慵」，不如說「嬾」（懶）；與其說「夥」，不如說「多」；與其說「叵」，不如說「不可」；與其說「棘手」，不如說「難為」。案牘上的詞彙，向來是被古文家輕視的，因此，「該生」「該校」「殊屬非是」「即行裁撤」之類，用於公文則可，用於仿古的文言文則適足以見文品之卑。所以咱們不能因它們違反白話就認為是最古雅的詞句。

典故也往往是和現代口語違異的，但也不一定可稱為最古雅的話。咱們試想：典故是根據古人的話造出來的，上古的人得書甚難，怎麼能有許多典故？到了漢代的文人，才偶然以經書的典故入文，然而漢賦中也只着重在描寫景物，不着重在堆砌典故。堆砌典故盛於南北朝，初唐還有這種風氣。自從韓愈柳宗元以後，古文家又回到兩漢以前那種不以典故為尚的風氣了。咱們現在學習文言，除了特意模仿駢體之外，最好是避免堆砌典故。因此，說「龍泉」不如說「寶劍」，說「鍾期」不如說「知己」，說「弄璋」不如說「生子」，說「鼓盆」不如說「喪妻」。因為典故的流行遠在常語之後。例如「生子」二字見於《詩·大雅·生民》篇（「不康禋祀，居然生子」），而「弄璋」用為「生子」的意義恐怕是最近代的事。至於「玉樓赴召」「駕返瑤池」一類的濫套，連駢體文中也以不用為高，普通的文言更不必說了。

方言的歧異也往往被認為古今的不同。自從北平的方言被採用為國語之後，有些人對於自己的方言竟存着「自慚形穢」的心理，以國語為雅言，以自己的方言為俚語。其實，如果以古為雅的話，國語並不見得比各地的方言更雅。北平話和多數官話都叫「頭」作「腦袋」，叫「頸」作「脖子」，顯然地，「腦袋」和「脖子」是俚語，「頭」和「頸」是雅言。這是大家都知道的。但是，像廣東人稱「大小」

為「大細」，似乎是俚語，官話和吳語以「細」為「粗」之反，似乎才是雅言。這種地方就容易令人迷惑了。實際上，「細」和「小」在古代一般地是「大」之反，所以老子說：「圖難於其易，為大於其細。」《韓非子．説難》：「與之論大人，則以為間己矣；與之論細人，則以為賣重。」《漢書．匈奴傳》：「朕與單于皆捐細故，俱蹈大道也。」在某一些情況之下，「細」比「小」還要妥些，例如粵語謂小的聲音為「細聲」，古代對於聲音的小正稱為「細」，不大看見叫作「小」。至於「細」，當「粗細」講，來源也很早，例如「細腰」「細柳」之類，但是這種「細」字只是「長而小」的意思。現在官話和吳語謂不精緻為「粗」，精緻為「細」，卻是古語所沒有的。這一個例子可以說明，每一個方言裏都有合於古語的詞彙，咱們非但不必努力避免現代口語，而且不必避免方言。一切都應該以語言的歷史為標準。

相傳唐代詩人劉禹錫要作一首重陽詩，想用「糕」字，忽然想起五經中沒有這個字，就此擱筆。宋子京作詩嘲笑他道：「劉郎不敢題糕字，虛負詩中一世豪。」其實，古代文人像劉禹錫的很多。因為大家受了「不敢題糕」的約束，數千年來的文言文裏的詞彙才能保持着相當的統一性。假使每一個時代的每一個文人都毫無顧忌地運用當時口語和自己的方言，那麼，寫下來的文章必然地比現在咱們所能看見的難懂好幾倍。但是，古人都並非因為希望後人易懂而甘心受那不敢題「糕」的約束，他們只是仰慕聖賢，於是以經史子集的詞彙為雅言。「古」和「雅」，在歷代的文人看來，是有連帶關係的。咱們如果要學習文言，得先遵守這第一個規律。

（二）語法——古代的語法，比古代的詞彙更不容易看得出來。 現代書報中的「文言文」，較好的也往往只能套取古代的若干詞彙，而完全忽略了古代的語法。關於後者，可以寫得成一部很厚的書，我們並不想在這裏做詳細的討論，只提出幾點重要的來說：

第一，中國上古沒有繫詞「是」字；而「為」字也不是純粹的繫詞（例證見於拙著《中國文法中的繫詞》）。古代只說「孔子，魯人」或「孔子，魯人也」；非但不說「孔子是魯人」，而且通常也不說「孔子為魯人」。這種規矩，在六朝以後漸被打破，到韓愈一班人提倡古文，大家卻又遵守起來。例如蘇軾《賈誼論》：「惜乎！賈生王者之佐，而不能自用其才也。」「賈生」和「王者之佐」的中間並沒有「是」或「為」。

第二，中國上古沒有使成式。所謂使成式，就是「做好」「弄壞」「打死」「救活」之類。「做好」，古謂之「成」（《詩．大雅》：「經始靈台，經之營之，庶民攻之，不日成之。」）；「弄壞」，古謂之「毀」（《左傳．襄公十七年》：「飲馬於重丘，毀其瓶。」）；「打死」，古謂之「殺」（《孟子．梁惠王》：「殺人以梃與刃，有以異乎？」）；「救活」，古謂之「活」（《莊子．外物》：「君豈有升斗之水而活我哉？」）。由此類推，咱們寫文言文的時候，要說「想起」，只能說「憶」或「念」；要說「趕走」，只能說「驅」；要說「躲開」，只能說「避」。有時候，形容詞或不及物動詞可以當使動詞用。例如《論語．述而》：「人潔己以進。」「潔」等於「弄乾淨」；《論語．憲問》：「夫子欲寡其過而未能也。」「寡」等於「減少」；《左傳．宣公十五年》：「華元登子反之床，起之。」「起」等於「叫起」或「拉起」；《史記．晉世家》：「齊女乃與趙衰等謀醉重耳。」「醉」等於「灌醉」；《史記．衛青傳》：「走白羊樓煩王。」「走」等於「趕走」或「打退」；《漢書．朱買臣傳》：「買臣深怨，常欲死之。」「死」等於「害死」。由此類推，咱們要說「推翻」，只能說「傾覆」；要說「攻破（城池）」，只能說「隳」。使成式大約在唐代以前已經有了，唐詩裏有「打起黃鶯兒」的話。但是，後代只在詩詞中有它，散文中非常罕見。俚語可以入詩詞，卻不可以入散文。使成式不過是其中之一例而已。

第三，中國上古沒有處置式。所謂處置式，就是「將其殲滅」，「把他罵了一頓」

之類。這種語法在唐詩裏已有了，例如李群玉詩：「未把彩毫還郭璞。」方干詩：「應把清風遺子孫。」但是，它也像使成式一樣，一般地只能入詩，不能入文。一般人以為「將」字比「把」字較古，其實即在唐詩裏，「將」和「把」的用途也並不一樣。「將」是「拿」的意思（國語裏，「拿」和「把」也不一樣，細看《紅樓夢》便知），動詞後面有直接目的語。例如劉禹錫的詩：「還將大筆注春秋。」王建詩：「惟將直氣折王侯。」上面所引的「把彩毫還郭璞」可以倒過來說成「還彩毫於郭璞」，而「將大筆注春秋」不可以倒過來說成：「注大筆於春秋。」近人的「將」字用於處置式，可說是一種謬誤的仿古，「將其殲滅」一類的句子是極「不文」的。

第四，中國古代的人稱代詞沒有單複數的分別。《左傳．成公二年》：「魯衛諫曰：『齊疾我矣！其死亡者，皆親暱也。子若不許，仇我必甚。』」這裏的「我」是魯衛自稱，並未稱為「我等」。《論語．公冶長》：「顏淵季路侍，子曰：『盍各言爾志？』」這裏的「爾」是指顏淵季路，並未稱為「汝等」。《孟子．滕文公》：「梓匠輪輿，其志將以求食也。」「其志」也未說成「彼等之志」。關於這一點，我們在《中國文法學初探》和《中國語文概論》裏有更詳細的討論。

第五，中國古代有用「之」字把句子形式變為名詞性仂語的辦法。例如《左傳．

成公三年》：「臣之不敢受死，為兩君之在此堂也。」若改為「臣不敢受死，為兩君在此堂也」，就完全不是古文的味兒，前者是用「之」字把連繫式（句子）轉成組合式（仂語），語氣緊湊得多。這種語法一直沿用到後代的古文裏。例如王安石《讀孟嘗君列傳》：「雞鳴狗盜之出其門，此士之所以不至也。」若改為「雞鳴狗盜出於其門，故士不至也」，也就變得無力了。

古今語法的異點，決不止這五條。例如上文所説的，古人稱數不用單位名詞（「兩次」只謂之「再」），就不在這五條之內。較詳細的討論見於拙著《中國語法理論》裏。

（三）風格——所謂風格，用極淺的話來解釋，就是文章的「派頭」。 同一的意思可以有兩種以上的説法。你喜歡那樣説，我喜歡這樣説，這是個人的風格。古人喜歡那樣説，今人喜歡這樣説，這是時代的風格。西洋人喜歡那樣説，中國人喜歡這樣説，這是民族的風格。中國人的文章向來只有個人的風格和時代的風格。民族的風格在最近幾十年才成為問題，因為文章歐化了，風格也就不是中國話的本來樣子了。

中國人學習古文，有以學習個人的風格著名的，例如某人學韓愈，某人學柳宗元，有以學習時代的風格著名的，例如某人學六朝文（「選體」），某人學唐宋文。我們並不願意批評各種風格的優劣；我們只想要指出，所謂文言文必須具備古代文章的風格，而不能依照現代白話的風格。從前的人學習古文，雖也不知不覺地露出當時白話的風格，但是，因為着意學習古文的緣故，總不至於遠離古人的繩墨。現在的情形卻不同了：語體文在社會上的勢力是那樣的大，它又是那樣的時髦，多數寫文言文的人又都是「半路出家」，並非「童而習之」，自然容易把現代白話的風格用於文言文的上頭；再加上歐化的風格，就把文言文原有的風格剝奪淨盡了。

風格是很難捉摸的東西，然而向來所謂揣摹古文，卻多半是希望得到它的風格。古人所謂「氣韻」，依我們看來，也就是風格之一種。「氣韻」雖難捉摸，而多數談古文的人都覺得實在有這樣的東西。例如說韓愈的文章是剛的美，柳宗元的文章是柔的美，多讀韓柳文的人都會有這種感覺。這自然和修辭學有關。然而修辭學也不能和時代完全沒有關係。例如有某種「氣韻」是韓柳和唐代文人所同具，而現代一般的文章所沒有的。

古人所謂「謀篇」「佈局」「煉句」之類，大致也是屬於風格方面的事。不過，咱們現在研究古文，不應該再拿批評的眼光去看古人的「謀篇」「佈局」「煉句」，只應該拿歷史的眼光去觀察它們。咱們應該留心觀察古人的「謀篇」「佈局」「煉句」和現代文章有甚麼差異之點，哪一種篇法或句法是古所常有而今所罕見的，又哪一種是古所罕見而今所常有的。古所常有的篇法和句法，咱們在文言文裏就用得着它；古所罕見的，咱們在文言文裏就應該避免。

我們雖說風格是不易捉摸的，然而也不能不舉出若干實例來，使讀者得出一些具體的觀念。在句子的形式上，咱們也大概地看得出古今風格的異同。例如關於假設的問題，上古的人喜歡用處所的觀念來表示。《論語．子罕》：「有美玉於斯，韞匵而藏諸？求善賈而沽諸？」《孟子．梁惠王》：「今有璞玉於此，雖萬鎰，必使玉人雕琢之。」又《滕文公》：「有楚大夫於此，欲其子之齊語也，則使齊人傅諸？使楚人傅諸？」可見「於斯」「於此」乃是一種表示假設的話，而「假令」「設如」一類的字樣倒反沒有。現代歐化的文言，在這種地方該是：「假使子有一美玉……」「假使王有一璞玉……」「假設有一楚大夫，欲其子習齊語……」之類，意思是一樣的，而風格卻完全不同了。

文章的繁簡也和文章的風格有關。今人以為應該簡的地方，古人不一定以為應該簡。反過來說，今人以為應該繁的地方，古人也不一定以為應該繁。韓愈《原道》

裏說：「其所謂道，道其所道，非吾所謂道也；其所謂德，德其所德，非吾所謂德也。」若依現代的風格，可省為：「其所謂道德，非吾所謂道德也。」柳宗元《封建論》裏說：「天地果無初乎？吾不得而知之也。生人果有初乎？吾不得而知之也。」若依現代的風格，也可以省為：「天地與生人之有初與否，吾不得而知之也。」但是，古人以為這種地方若不拉長作為排句，則文氣不暢。相反的情形卻不是沒有，《左傳．僖公九年》：「夷吾弱不好弄。」若依現代的風格，該說成：「夷吾年幼之時不喜遊戲。」《孟子．滕文公》：「滕文公為世子，將之楚，過宋而見孟子。」若依現代的風格，該說成：「滕文公為世子時，將之楚……」此外，古代文章裏的主語盡量省略，現代歐化的文章幾乎沒有一句缺少主語的話，這又是語法和風格兩方面都不同了。

風格和思想也有關係。現代的人經過了邏輯的訓練，說話總希望有分寸，沒有漏洞。譬如要提防人家找出少數的例外來批駁我的理論，我就先加上一句：「就一般情形而論。」又如要說明某一真理必須是有所待而然，我就添上句：「在某一些條件之下。」中國古代的人並未這樣運用思想，自然說話也用不着這種方式。但是，這也並不足以證明古人比今人糊塗。古文裏有許多話，在明眼人看來自然暗藏着「就一般情形而論」或「在某一些條件之下」的意思，所以古人教咱們「不以辭害意」。不過，古人在這種地方是「意會」的，今人在這種地方是「言傳」的。「意會」和「言傳」也就是風格的不同。

明白了這些道理，咱們就知道把語體譯為文言是非常困難的事。嚴格地說，除了詞彙和語法之外，風格也應該翻譯。因此，逐字逐句地翻譯只能譯成「變質的新文言」；真正要譯成一種有古文味的文言文，非把語體文的風格徹底改造不可。

（四）聲律——這裏所謂聲律，大致是指聲調和節奏。古人對於文章，講究朗誦。梁任公先生常說：「唸古文非搖頭擺尾不可。」因為唸到聲韻鏗鏘之處，常常忍不住手舞足蹈的。古人所謂「擲地當作金石聲」，雖不完全指聲律而言，然而文章之美者必包含着聲律之美，這是古文家所公認的。駢體文講究平仄和對仗，固然離不了聲韻；就是普通的散文，也或多或少地含有聲律在內。上古時代距離咱們太遠了，上古文章的聲律頗難捉摸。唐宋以後，散文受近體詩的影響，其中的聲律顯然可知，現在姑且舉王安石的《讀孟嘗君列傳》為例：

世皆稱孟嘗君能得士，士以故歸之，而卒賴其力，以脫於虎豹之秦。

嗟乎！孟嘗君特雞鳴狗盜之雄耳，豈足以言得士？不然，擅齊之強，得一士焉，宜可以南面而制秦，尚取雞鳴狗盜之力哉？雞鳴狗盜之出其門，此士之所以不至也。

首先咱們應該注意到節奏問題。節奏往往是和意義有關係的，例如「世皆稱」為一頓，「孟嘗君」為一頓，「能得士」為一頓。但是，有時候由於一個字難於成節，就連下文為一節，例如「士以故」可為一頓，「特雞鳴」可為一頓，這是意義和節奏不盡一致的地方。煞句的語氣詞雖只一字，也能自成一節。例如這裏的「耳」「哉」和「也」都應該把聲音拉得很長，並且不妨和上面的「雄」「力」「至」距離得相當的遠。這樣，才顯得文氣是暢的。寫文言文的人，做好了文章，先自朗讀幾遍，然後有些地方再添上一個「之」字，有些地方再添上一個語氣詞，無非為了節奏諧和的緣故。句讀的長短也是有斟酌的。例如「以脫於虎豹之秦」，若改為「以免於難」，就太短了，支持不住上面的一段話。句讀的長短，要看全篇的氣勢而定。譬如全篇用長句，突然用四字的句子一收，就嫌短。若篇中以四言為主，則長句結束反不相宜。這些全憑體會出來，不能十分拘泥的。

其次，咱們應該注意到聲調的問題。散文的聲調只有平仄的關係。普通最好是每一個節奏的平仄能夠替換，換句話說就是，上一節用仄，則下一節用平；上一節用平，則下一節用仄。例如「雞鳴狗盜之出其門」，「雞鳴」是平平，「狗盜」是仄仄，「之出」是平仄，「其門」是平平。這裏的聲調共有兩個對偶，「雞鳴」是平起，「狗盜」是仄收；下一對如果仍用平起就沒有變化了，所以「之出」是仄起，「其門」是平收。煞句的字的平仄也最好是能有變化。例如第一句（指古人所謂「句」）用「士」字收仄聲，第二句用「之」字收平聲，第三句用「力」字收仄聲；第四句用「秦」字收平聲。第五句「嗟乎」是感嘆語，不算。第六句「雄」字平聲應該拉長，和第七句「士」字仄聲相應。第七、八、九、十，四句都用平聲收，是讓文氣一直緊下去，到了「力」字仄聲應該拉長，和那些平聲相應，然後用「哉」字煞句。第十一句的「門」字平聲，也是和第十二句的「至」字仄聲相應的。

在這裏我們要聲明一句：我們所講的這一篇古文的聲律未必都是當時作者着意安排的。但是，當時韻文的聲律深入人心，能使散文的作者不知不覺地受了它的影響。意義和聲律比起來，自然當以意義為重；咱們不能犧牲了意義來遷就聲律。近體詩中還有所謂「拗句」（平仄不依常格者），咱們在散文裏更不應該做聲律的奴隸。例如《讀孟嘗君列傳》裏，「卒賴其力」的「賴」，「豈足以言」的「以」，「南面而制秦」的「制」，「所以不至」的「以」，如果都改為平聲字，朗誦起來就更順口些，然而王安石並沒有這樣做，因為沒有相當的平聲字去替代它們。不恰當的替代倒反把文章的意義弄歪了，或把句子弄得太生硬了。

由此看來，聲律在文言文中的地位，並沒有詞彙、語法和風格那樣重要。有些人喜歡「古拙」的文章，倒反把拘泥於聲律的作品認為格調卑下。所以講究平仄的事必須和某一些較近代的風格相配合，不然，反而成為一種文病了。

我們雖然希望中學生不用文言文寫作，但是，既然中學國文教科書裏選錄文言文，那麼，就讓他們知道文言文有這許多講究，自然不敢輕易嘗試。據我們評閱大學新生國文試卷的經驗，語體文還是好的，文言文則幾乎沒有一篇可以夠得「通順」二字。因此，我們奉勸一般青年，除非萬不得已，否則還是不寫文言文的好。

即使是有心學習文言的人，也不應該僅僅以分析古文的詞彙、語法、風格、聲律為能事。必須多讀古文，最好是能熟讀幾十篇佳作，涵詠其中。這樣做去，即使不會分析古文的詞彙、語法等等，下筆自然皆中繩墨。語言學家調查某地的方言，極盡分析的能事；但是，假使一個七歲的小孩，讓他在那個地方住上半年，他所說當地的方言，無論語音、語法、詞彙各方面，其純熟正確的程度一定遠勝於語言學家。同理，學習文言的最好的方法就是憑着天真與古人遊，等到古人的話在你的腦子裏能像你自己的方言一般地不召自至的時候，自然水到渠成。大匠誨人以規矩，不能使人巧；我們以上這許多話，即使沒有錯誤，也不過是一些「規矩」而已。

載《國文月刊》十三期，一九四二年

漫談古漢語的語音、語法和詞彙[1]

我今天講的題目是「漫談古漢語的語音、語法和詞彙」。所謂「漫談」，就是隨便談一談。

我們學習和研究古漢語的目的，主要是為了培養學生閱讀古書的能力，並不是為了教大家寫文言文。那麼，怎樣培養閱讀古書的能力呢？我經常說，要建立歷史觀點。甚麼叫歷史觀點呢？就是利用歷史發展的觀點研究古漢語的語音、語法和詞彙。現代漢語是從古代漢語發展來的，現代漢語和古代漢語在語音、語法和詞彙方面有些是相同的，有些是不同的。因此，我們研究古代漢語就要知道，甚麼是古代漢語有而現代漢語沒有的，甚麼是現代漢語有而古代漢語沒有的，不能把時代搞錯了。不同的時代，語音、語法和詞彙三方面都有很多不同。下邊分三方面來講。

首先講語音問題。古代漢語語音，跟現代漢語語音有很多不同，就是上古時代的語音跟中古時代的語音也有很多不一樣的地方。這就是說語音不是一成不變的，而是在不斷發展變化着。但是語音的發展變化不是雜亂無章的，而是很有系統地很有規律地發展變化着。我們研究古代漢語就要知道些古音知識。這樣，古代漢語中的有些問題才容易理解。我們不要求照古音來讀古書，那樣做，一是不容易，二是沒必要。我們只要求知道古代讀音與現代讀音不同，比如有些詩歌，現在唸起來很不順口，不押韻，但用古音來唸就押韻，就很順口。所以我們學習和研究古代漢語，要有一些古音的知識。今天我們不談上古的語音，只談中古的語音，也就是唐宋時代的語音，或唐詩宋詞的讀音。我舉兩首詩來説明這個問題，這兩首詩都是大家熟悉的，一首是杜牧的《山行》：

遠上寒山石徑斜，
白雲生處有人家。
停車坐愛楓林晚，
霜葉紅於二月花。

如果用現代普通話來唸，「家」「花」可以押韻，「斜」和「家」「花」就不押韻了，而它是平聲字，應該是入韻的。是不是杜牧作詩出了錯誤呢？不是的。這是因為現代讀音跟唐宋時代的讀音不一樣了，語音發展了。我們有些方言，讀起來就很押韻。比如蘇州話，「斜」音〔zia〕，就可以和「家」「花」押韻了。這説明蘇州話「斜」的讀音接近唐宋時代的讀音。另外一首是宋人范成大的《田園四時雜興》之一：

晝出耘田夜績麻，
村莊兒女各當家。
童孫未解供耕織，
也傍桑陰學種瓜。

照北京話來唸，「麻、家、瓜」是押韻的，這説明這幾個字北京話的讀音比較接近唐宋時代的音。如果用蘇州話來唸，「麻」和「瓜」還是押韻的，「家」和「麻」「瓜」就不押韻了。北京人唸杜牧那首詩，「斜」與「家」「花」不押韻，蘇州人唸這首詩「家」與「麻」不押韻，可見要讀懂唐宋詩詞，需要有些古音的知識。如果懂得了平水韻，懂得了唐宋古音，就不會有不押韻的感覺了。還有一個平仄問題，寫詩要講究平仄，所謂「平」，就是平聲，所謂「仄」，就是上、去、入三聲，蘇州話有入聲字，北京話沒有入聲字。古代的入聲字，在現代北京話中分派到陰平、陽平、上聲、去聲中去了。這樣，北京人遇到在古代讀入聲而現在讀陰平、陽平的字，就不易分辨了。比如剛才范成大那首詩中「童孫未解供耕織」的「織」，北京話讀陰平，這就不對了，這句詩應該是平平仄仄平平仄，「織」字所在的位置不應該用平聲字，所以北京話「織」字讀陰平就與古音不合了，「織」字在古代是個入聲字，這樣就合平仄了。所以說，我們應該懂一些古音的知識。當然，要透徹地了解古音，是不容易的，但是學習古代漢語總要有一些古音的基本知識。

其次講語法問題。古今語音變化很大，語法的變化就小得多。因此，古代的語法，也比較好懂。但是，也有困難的地方。有些語法現象好像古今是一樣的，其實不一樣。我常對我的研究生說，研究古代語法，不能用翻譯的方法去研究，不能先把它翻譯成現代漢語，再根據你翻譯的現代漢語去確定古代漢語的結構。我們不能用翻譯的方法去研究古代漢語語法，就跟不能用翻譯的方法去研究外語語法一樣。用翻譯的方法去研究古代漢語是很危險，很容易產生錯誤的。因此，這種研究方法是一種錯誤的研究方法。現代漢語有所謂包孕句，上古漢語沒有這種包孕句，而上古漢語有一種「之」字句，即在主語和謂語之間有一個「之」字，如：

不患人之不己知，患不知人也。（《論語・學而》）

「人之不己知」不是包孕句中的子句，而是名詞性詞組，它們所在的句子也不是複句式的包孕句，而是一個簡單句。如果把它翻譯成現代漢語，「之」字不翻出來很順暢，「不怕人家不了解自己」；如果「之」字翻譯成「的」字，「不怕人家的不了解自己」，就很彆扭。這就說明，在上古漢語中，這個「之」字必須有，有這個「之」字句子才通，沒有這個「之」字就不成話，而現代漢語中，沒有那個「的」字才通暢，有了那個「的」字，就不通了。這就是古今漢語語法不同的地方。

這種「之」字，《馬氏文通》裏沒有提到，後來好像很多語法書也不怎麼提。我在《漢語史稿》中特別有一章，叫作「句子的仂語化」。「仂語」就是我們現在叫的「詞組」。所謂仂語化，就是說，本來是一個句子，有主語，有謂語，現在插進去一個「之」字，它就不是一個句子了，而是一個詞組了。後來南開大學有一本教材，大概是馬漢麟編的，稱這種結構叫「取消句子的獨立性」。這就是說，它本來是一個句子，現在插進了一個「之」字，就取消了它的獨立性，就不是一個獨立的句子形式了。叫「句子的仂語化」也好，叫「取消句子的獨立性」也好，都有一個前提，就是承認它本來是一個句子，後來加「之」字以後，被「化」為仂語了，被「取消」獨立性了。這種説法對不對呢？最近我重寫漢語史，寫到語法史的時候，碰到了這個問題，重新考慮了這個問題，感到從前的説法是片面的，甚至是不對的。為甚麼不對呢？因為這種「之」字句在上古漢語中是最正常的最合乎規律的。這種「之」字，不是後加上去的，是本來就有的，沒有這個「之」字，話就不通，那怎麼能叫「仂語化」呢？不是「化」來的嘛，也不是「取消句子的獨立性」。所以那麼叫，是因為先把它翻譯成現代漢語了，在現代漢語中那個「的」字是不必要的，於是就以為古代漢語的那種「之」字也是加上去而使它成為一個詞組的。這種「之」字結構，就是一個名詞性詞組，這種「之」字的作用，就是標誌着這種結構是一個名詞性詞組。這種「之」字結構可以用作主語、賓語、關係語和判斷語，下邊我舉幾個例子：

民之望之，若大旱之望雨也。（《孟子・滕文公下》）

紂之去武丁未久也。（《孟子・公孫丑上》）

知虞公之不可諫。（《孟子・萬章上》）

君子之至於斯也，吾未嘗不得見也。（《論語・八佾》）

第一個例子，「民之望之」做判斷句的主語，「大旱之望雨」做判斷句的判斷語；第二個例子，「紂之去武丁」做描寫句的主語；第三個例子，「虞公之不可諫」做敘述句的賓語；第四個例子，「君子之至於斯也」做關係語，表示時間。這裏的「之」字都不能不要，不要這個「之」字就不合上古語法了。

與「之」字句起同樣作用的是「其」字句。「其」字是代詞，但這個代詞總處於「領位」，因此，「其」字等於「名詞＋之」。有人用翻譯的方法定「其」字就是現代漢語中的「他」字，這是錯誤的。古漢語中的「其」字，跟現代漢語中的「他」字在語法上有很多不同。「其」字永遠不能做賓語，從古代漢語到現代漢語，都不能把「其」字當賓語用。我二十七歲要去法國，買了一本《法語入門》，這本書把法語的「jee'aime（我愛他）」翻譯為「我愛其」，就非常錯誤。這本書的作者，法文程度很好，中文程度就很差了。「其」字能不能當主語呢？從前有些語法學家以為「其」字可以充當主語，這是一種誤解。黎錦熙先生在《比較文法》中承認「其」

字可以充當子句的主語，但他有一段很好的議論，他說：「馬氏又分『其』字用法為二：一在主次，二在偏次。實則『其』字皆領位也。」「其」字不是只等於一個名詞，而是等於「名詞＋之」，所以只能處於領位，不能處於主位。下邊舉幾個例子來看。

例一，「其為人也孝弟，而好犯上者鮮矣。」（《論語．學而》）「其為人也孝弟」譯成現代漢語是「他為人孝弟」，那麼「其」字不等於主語了嗎？剛才說了，這種翻譯的研究方法，是一種錯誤的研究方法，古代漢語的「其」字不同於現代漢語的「他」字。這個句子的主語是「其為人」，謂語是「孝弟」。「其為人」等於「某之為人」，是一個名詞性詞組，這個名詞性詞組做主語，不是「其」字做主語。

例二，「孔子時其亡也而往拜之。」（《論語．陽貨》）這句話的意思是孔子窺測陽貨不在家的時候去拜訪他。「其亡」是「陽貨之亡」，是一個名詞性詞組，做動詞「時」的賓語。

這種「其」字結構和「之」字結構有同樣的作用，他們都是一個名詞性詞組。我在重新寫的語法史裏舉了很多的例子，大家可以看。

有時候，「之」字和「其」字交互使用，這更足以說明「其」等於「名詞＋之」。

舉兩個例子：

例一，「鳥之將死，其鳴也哀；人之將死，其言也善。」（《論語．泰伯》）「鳥之將死」用「之」，「其鳴也哀」用「其」，這裏的「其」字等於「鳥＋之」，「其鳴也哀」就是「鳥之鳴也哀」。為甚麼用「其鳴」而不用「鳥之鳴」呢？因為前邊已經說了「鳥之將死」，後邊再說「鳥之鳴也哀」，就重複了，不如後邊的「鳥之」用代詞「其」表示更精練。「人之將死，其言也善」情況相同。

例二，「水之積也不厚，則其負大舟也無力。」（《莊子．逍遙遊》）「其負大舟」就是「水之負大舟」。因為前邊用了「水之積」，後邊的「水之負大舟」的「水之」就可以用「其」字代替了。

從上邊「其」字和「之」字交互使用的情況看出，「其」字決不是一個「他」字，而是包括了「之」字在裏邊，它是「名詞＋之」，因此，它不能用作賓語，也不能用作主語，只能處在「領位」。

古代的「之」字句，「其」字句，其中的「之」字是必需的，不是可有可無的。現代漢語中沒有這種句式，我們不能把這種「之」字翻譯成現代漢語的「的」字，也不能把「其」字翻譯成「他的」或「它的」。如「水之積也不厚」不能譯成「水的積蓄不多」，「其負大舟也無力」也不能譯成「它的負擔大船無力」。從前我們編古代漢語說這些「之」字可以不譯出，這種說法不夠好，不是可以不譯，而是根本不應該譯，因為現代沒有古代的那種語法。

最後，講詞彙問題。先舉兩個例子，頭一個是「再」字。上古的「再」字，是「兩次」「第二次」的意思，這個意思一直用到宋代以後。這不同於現代「再」字的意思。古代「再」字只作「兩次」「第二次」解，「第三次」就不能用「再」了。數目字做狀語，「一次」可以用「一」，「三次」可以用「三」，「六次」可以用「六」，「七次」可以用「七」。如：「禹三過其門而不入。」「諸葛亮七擒孟獲，六出祁山。」唯獨「兩次」不能用「二」，必須用「再」。如：「一鼓作氣，再而衰，三而竭。」古書這樣的例子很多，比如：《易·繫辭》：「五年再閏。」就是五年之內有兩次閏月。《史記·孫子吳起列傳》：「一不勝而再勝。」「再勝」就是「贏兩次」。「再」字作「又一次」講，產生得很晚，現在還沒有研究清楚到底在甚麼時候。再舉一個例子，「稍」字在古代是「逐漸」的意思，而不是現代的「稍微」的意思。比如：《史記·魏公子列傳》：「其後稍蠶食魏。」「稍蠶食魏」就是「逐漸地像蠶吃桑葉那樣來吃魏國」。「稍」表示的是一步一步地吃，而不是稍微吃一點。所以下文才有「十八歲而虜魏王，屠大梁」。「虜魏王，屠大梁」是「漸漸地吃」的結果，如果只是稍微吃一點，就不會產生這種結果了。又比如，《史記·絳侯世家》：「吏稍侵陵之。」「稍侵陵之」就是一步一步地欺負他，絳侯周勃很忠厚，他屬下的人就得寸進尺，一步步地欺負他。不能說成「稍微欺負」，那不成話。又比如，蘇軾有一句話，「娟娟明月稍侵軒」，它的意思是美好的月光漸漸地照進窗戶。因為月亮是移動的，所以是一步一步地照進窗戶，不是一下子都照進來了，也不是只稍微照進來一點，要是那樣，就沒有詩意了。

從上面舉的例子可以看出，我們學習古代漢語，就是要準確地掌握古代漢語的詞義。一個詞，在古代漢語中的意義與在現代漢語中的意義是不相同的，不能用現代漢語的詞義去解釋古代漢語的詞義。比如上邊講到的「再」字、「稍」字，如果就現代漢語的意義去解釋，那就錯了。古漢語中有些看起來很淺的字，最容易出錯誤。比較深的字會去查字典，問老師，很淺的字，以為自己懂了，實際上不懂，這就容易理解錯了。所以我們有一個搞古代漢語的同志說，學習和研究古代漢語，主要是詞彙問題，這話是有道理的。

載《談談學習古代漢語》，山東教育出版社，一九八四年版

註釋

1 這是作者在蘇州鐵道師範學院的講演。

研究古代漢語要建立歷史發展觀點[1]

我們研究古代漢語，要建立歷史觀點，要注意語言的社會性和時代性。發展意味着變化。一切物質都是發展變化的，語言也不可能是例外。漢語有幾萬年的歷史，由文字保存下來的語言材料，也有三四千年的歷史。在這三四千年的漫長時期中，不知經歷了多少變化。就語音方面說，現代漢語保存古代漢語的語音（指文字的讀音）很少。就語法方面說，古代有些語法形式已經消失了，新的形式取代了舊的形式，並且加以發展，舊的事物不斷消失，新的事物不斷產生，不能不影響到舊詞的消亡和新詞的出現。今天為時間所限，我不能詳細談這些問題，只是就基本詞彙的歷史發展談一談。

一、詞彙是怎樣改變意義的

詞，特別是常用詞，是在不知不覺中改變了意義的。由於意義相差不遠，所以常常被人們忽略了。語言學家把詞義的演變分為三個類型：（1）擴大；（2）縮小；（3）轉移。擴大是詞義的外延擴大了；縮小是詞義的外延縮小了；轉移是詞義由原來的概念轉移到鄰近的概念。

（1）擴大的典型例子是「江、河」。「江、河」原指長江、黃河。例如《論語．子罕》：「河不出圖。」《孟子．滕文公下》：「水由地中行，江淮河漢是也。」後來一般河流都可以稱為「江、河」。另一個例子是「器」字。「器」的本義是器皿（陶器）。《老子》：「埏埴以為器。」但是很早就擴大為一般的器具了。又一個例子是「狗」字。「狗」的本義是小狗。《爾雅．釋畜》：「未成毫，狗。」郭註：「狗子未生毫者。」後來詞義擴大了，泛指一般的狗。

就動詞來說，也有詞義擴大的情況。試舉「洗、踢」二字為例。「洗」字本是專指洗腳。《禮記．內則》：「面垢燂潘請靧，足垢燂湯請洗。」《漢書．黥布傳》：「王方踞床洗。」《酈食其傳》：「沛公方踞床，令兩女子洗。」「洗」就是洗腳。《說文》：「洗，灑足也。」後來詞義擴大為一般的洗滌、洗濯。例如：杜甫《與任城許主簿遊南池》：「晚涼看洗馬，森木亂鳴蟬。」王建《新嫁娘》：「洗手做羹湯。」「踢」字的來源是「踶」字，本來專指馬踢。《莊子．馬蹄》：

「夫馬……喜則交頸相靡，怒則分背相踶。」後來音變為「踢」，泛指一般腳踢。例如：《水滸傳．二十八回》：「搶將來，被武松一飛腳踢起，踢中蔣門神小腹上。」

（2）縮小的典型例子是「瓦」字。《說文》：「瓦，土器已燒之總名。」《詩．小雅．斯干》：「乃生女子，載弄之瓦。」毛傳：「瓦，紡塼（磚）也。」後來詞義縮小為屋頂上的瓦。另一個例子為「子」字。「子」的本義為兒女的總稱。《詩．衛風．碩人》：「齊侯之子，衛侯之妻。」指女兒。後來專指兒子。又一個例子是「禽」字。《說文》：「禽，走獸總名。」未妥，「禽」的本義應是獵獲物。《易．師卦》：「田有禽。」《左傳．宣公十二年》：「使攝叔奉麋獻焉。曰：以歲之非時，獻禽之未至，敢膳諸從者。」後來變為鳥獸的總稱。《禮．曲禮上》：「猩猩能言，不離禽獸。」華佗五禽戲有虎、鹿、熊、猿、鳥，最後才專指鳥類。

（3）轉移的典型例子是「腳」字。「腳」的本義是脛（小腿）。孫子臏腳，是去掉膝蓋，使兩條小腿不能走路。臏腳和刖足不同。後來「腳」字變為「足」的同義詞。

二、概念是怎樣改變名稱的

概念在語言中表現為詞。某一概念在不同的民族語言中有不同的詞，這是大家知道的。在同一民族裏，某一概念在不同的歷史時期也往往表現為不同的詞，這一語言事實往往被人們忽略了。所以我在這裏講一講概念是怎樣改變名稱的。

最主要的原因是：表示某一概念的詞已經被用來表示另一概念，於是不能不找另一個詞來表示它。例如《莊子．盜跖》：「比干剖心，子胥抉眼，忠之禍也。」《史記．刺客列傳》：「（聶政）因自皮面決眼，自屠出腸，遂以死。」直到晉代還用這個意義，例如說阮籍「能為青白眼」。後來「眼」的詞義擴大了，變為「目」的同義詞，只好另找一個「睛」字表示眼珠子，例如唐張彥遠《歷代名畫記》有這樣一段話：

> 金陵安樂寺畫四白龍，不點眼睛。云：「畫睛即飛去。」人以為妄誕，固請點之。須臾雷電破壁，兩龍乘雲騰去上天，二龍未點眼者見在。

前面說「點睛」，下面說「點眼」，可見「睛」即是「眼」，也就是眼珠子。《三國演義》第十八回的題目是「夏侯惇拔箭啖睛」，下文說：「惇大叫一聲，急用手拔箭，不想連眼珠拔出。乃大呼曰：『父精母血不可棄也！』遂納於口內啖之。」前面說「啖睛」，後面說「眼珠」，可見「睛」就是眼珠子。後來「眼睛」變為雙音詞，「睛」字不表示眼珠子，又只能找出一個新名稱「眼珠子」來表示了。這樣，「眼珠子」這個概念曾經兩度改變了名稱。

再舉一個例子，就是「走路」這個概念，古人叫作「行」；「奔跑」這個概念，古人叫作「走」。現在廣東人還是這樣說的。《孟子·梁惠王上》：「棄甲曳兵而走。」《莊子·大宗師》：「夜半有力者負之而走。」都是奔跑的意思。下面《戰國策·楚策》一個例子最能說明「走」和「行」的分別：

> 虎求百獸而食之，得狐。狐曰：「子無敢食我也。天帝使我長百獸，今子食我，是逆天帝命也。子以我為不信，吾為子先行，子隨我後，觀百獸見我而敢不走乎？」

前面說「行」，後面說「走」，前後的詞義是不同的。直到近代，「走」字才變為「行」的同義詞。那麼，「走」字原來「奔跑」的意義又用甚麼字表示呢？就用「跑」字。「跑」字起源很晚。起初的時候，「跑」是獸類前腳刨地的意思。今浙江杭州有虎跑泉。「跑」字讀 páo，音轉為 pǎo，表示奔跑。這樣說來，走路的概念由「行」改稱為「走」，同時，奔跑的概念由「走」改稱為「跑」。詞彙發展的線索是很清楚的。

概念改變名稱的另一原因是委婉語。為了避免不吉利的話，人們改用一些代稱。最典型的例子是「死」的概念。人們忌諱「死」，就用「亡」「逝」「沒」（歿）、「徂」（殂）等字。「亡」的本義是逃走，諱「死」就說「他逃了」。《論語·雍也》：「亡之，命矣夫！」「沒」的本義是沉沒。諱「死」就說「他被淹沒了」。《論語·學而》：「父在觀其志，父沒觀其行。」「逝」的本義是「往」。諱「死」就說「他走了」。司馬遷《報任安書》：「則是長逝者魂魄私恨無窮。」「徂」的本義也是「往」。諱「死」也可以說成「徂」。《孟子·萬章上》：「放勳乃徂落。」（《書·舜典》作「殂落」。）《史記·伯夷列傳》：「吁嗟徂兮，命之哀矣。」

無論詞彙改變了意義或概念改變了名稱，都可以說是產生了新詞。

這並不是說，有了新詞，舊詞就一定消失了。在文言詞和成語裏，它們還可以保存下來，與新詞成為同義詞。例如「江南」「江左」「待河之清」「投鼠忌器」「白眼」「目不轉睛」「步行」「人行道」「日行千里」「奔走相告」「走馬看花」。至於委婉語，只能在特定場合使用，更是不能取代舊詞了。

三、語言的時代性

語言的時代性，對於古代漢語的研究是很重要的。某一個字，在上古時代是這個意義，到中古可能不是這個意義了。因此，用中古的意義去讀上古的書，是錯誤的；用上古的意義去讀中古的書，同樣也是錯誤的。例如「眼」字，如果我讀《莊子·盜跖》「子胥抉眼」以為就是「抉目」，那是誤解，因為伍子胥挖的是眼珠子，不是整個眼睛（目）。漢劉向《說苑》寫作「抉目」，可能是傳抄之誤。如果我讀元稹《遣悲懷》詩「惟將終夜長開眼，報答平生未展眉」，以為「眼」是眼珠子，同樣也是錯誤的，因為眼珠子是不能開的。「開眼」譯成上古漢語應該是「張目」，而不能是「張眼」。

我問我的研究生，「吃飯」這個概念，上古漢語裏怎麼説，許多人回答不上來。説成「食飯」嗎？不是的。「飯」字在上古漢語裏只當動詞用，不當名詞用。《論語．述而》：「飯疏食，飲水。」「飯疏食」是吃粗糧的意思。那麼，能不能把「吃飯」譯成「飯食（sì）」呢？那也不行。上古沒有這種構詞法。上古時代，人們把「吃飯」這個概念簡單地説成「食（shí）」或「飯」（上聲）。例如，《左傳．成公二年》：「余姑翦滅此而朝食。」《史記．廉頗列傳》：「廉將軍雖老，尚善飯。」

既然上古漢語裏「飯」字只用作動詞，那麼現在「飯」這個概念，上古又該怎麼説呢？那就是「食」字，讀去聲（sì）。例如，《論語．述而》：「飯疏食。」《論語．雍也》：「一簞食，一瓢飲。」《孟子．梁惠王下》：「簞食壺漿以迎王師。」

下面再舉一些例子來説明語言的時代性。

（一）「羹」字

羹就是帶汁的肉，所以其字從羔。舊《辭海》云：「羹，羹湯之和以五味者。」新《辭源》云：「羹，和味的湯。」新《辭海》云：「羹，本指五味調和的濃湯，亦泛指煮成濃液的食品。」都是錯誤的。其錯誤在於把羹說成一種湯，其實應該說羹是一種肉。《爾雅．釋器》：「肉謂之羹。」古人用來就飯的菜餚往往只有一碗肉，那碗肉就叫作「羹」。《左傳．隱公元年》：「（穎考叔）有獻於公，公賜之食，食捨肉，公問之。對曰：『小人有母，皆嘗小人之食矣，未嘗君之羹，請以遺之。』」前面說「肉」，後面說「羹」，可見「羹」就是肉。《後漢書．陸續傳》：「續繫獄，見餉羹，知母所作。葱必寸斷，肉方正，以此知之。」可見羹就是肉，這裏是加葱調味的肉。窮人沒有肉吃，就吃菜羹。菜羹就是煮熟的菜，加上米屑，用來就飯，也不是湯。《論語．鄉黨》：「雖疏食菜羹，必祭。」「菜羹」被解作小菜湯。《孟子．告子上》：「一簞食，一豆羹，得之則生，弗得則死。」被解作「一筐飯，一碗湯」。這都是錯誤的。《史記．項羽本紀》：「吾翁即若翁，必欲烹而翁，則幸分我一杯羹。」從前我以為劉邦只要一碗湯，其實也不是湯。

「羹」由於是帶汁的肉，所以詞義轉移為湯。那是中古以後的事情了。王建《新嫁娘》詩：「三日入廚下，洗手作羹湯。」大約唐代「羹」字已經解作湯了。《紅樓夢》第三十五回：「白玉釧親嘗蓮葉羹。」那是新荷葉做的雞湯。時代不同，「羹」的意義也就不同了。

(二)「睡」字

《說文》：「睡，坐寐也。」「睡」的本義是坐着打瞌睡的意思。《左傳．宣公二年》：「盛服將朝，尚早，坐而假寐。」「假寐」是不脫衣而睡的意思。「坐而假寐」就是坐着打瞌睡的意思。《戰國策．秦策》：蘇秦「讀書欲睡，引錐自刺其股，血流至足」。《史記．商君列傳》：「孝公既見商鞅，語事良久，孝公時時睡，弗聽。」《漢書．賈誼傳》：「將吏披介胄而睡。」這些都是打瞌睡的意思。直到中古時代，「睡」字才變為一般的睡覺。杜甫《茅屋為秋風所破歌》：「自經喪亂少睡眠。」《彭衙行》：「眾雛爛漫睡，喚起沾盤飧。」這些再也不是打瞌睡了。這就是「睡」字的時代性。

(三)「紅」字

《說文》：「紅，帛赤白色。」赤白色就是紅和白合成的顏色，也就是粉紅。上古時代，紅色不叫「紅」，叫「赤」。紅不是正色，而是間色（雜色）。《論語．

鄉黨》：「紅紫不以為褻服。」《文心雕龍．情采》：「正采耀乎朱藍，間色屏於紅紫。」紫是青赤色，也不是正色。所以紅紫都在摒棄之列。到了中古時代，「紅」變為「赤」的同義詞。杜甫《北征》詩：「或紅如丹砂，或黑如點漆。」那該是大紅，而不是粉紅了。這就是「紅」字的時代性。

（四）「青」字

上古所謂「青」，就是藍色。《荀子．勸學》：「青取之於藍而青於藍。」（藍，指染料蓼藍）可見青就是藍，不是綠。有的字典把「青」字解作「藍色或綠色」，是不對的。青和綠不同。我們說「青青河畔草」，又說「年年春草綠」。這是季節不同，春天的嫩草是綠的，後來才變為青的。青是五色之一，所以是正色。綠是青黃色（見《說文》），即藍和黃合成的顏色。上文所引《文心雕龍》「正采耀乎朱藍」，「朱藍」都是正色，也就是赤和青。到了近代，「青」也表示黑色。例如京劇的角色有「青衣」（黑衫）。這就是「青」字的時代性。

總之，語言的時代性是非常重要的。某一時代某一個詞還沒有這種意義，即使這樣解釋可以講得通，也不可以這樣講。例如《荀子．勸學》：「假舟楫者，非能水也，而絕江河。」「江河」雖可解作一般的河流，仍舊應該講成長江黃河（這裏代表一般河流）。《史記．淮陰侯列傳》：「時乎時，不再來。」與其解作「時機不再來一次」，不如解作「時機不會來兩次」。因為上古時代「再」字只能當兩次講。

四、語言的社會性

語言是社會的產物，個人不能創造語言。如果解釋一個詞的意義，而這種意義只是一次見於某一部份或某一篇古文，這個解釋就是不可信的。數年前，我看見一本詞典稿，其中的「信」字有一個義項是「舊社會的媒人」。舉的例子是《孔雀東南飛》：「自可斷來信，徐徐更謂之。」別的書中「信」字都沒有當媒人講的，惟獨《孔雀東南飛》的「信」字當媒人講，誰看得懂，余冠英先生註：「斷來信就是拒絕來使，指媒人。」這樣解釋就對了。

近人喜歡講通假，通假說常常出毛病。清代的俞樾喜歡講通假，而他所講的往往是不可信的。例如他說《詩．魏風．伐檀》：「不稼不穡，胡取禾三百廛兮？」「不稼不穡，胡取禾三百億兮？」「不稼不穡，胡取禾三百囷兮？」其中「廛」應是「纏」的假借字，「億」應是「繶」的假借字，囷應是「稛」的假借字。我們要問，正字是正例，為甚麼這樣巧，三處都用了假借字呢？「繶」是僻字，並且是彩絲的意思，為甚麼忽然變了一個量詞呢？「億」假借為「繶」，誰聽得懂呢？又如《莊子．養生主》：「技經肯綮之未嘗。」俞氏以為技是枝字之誤，「技經」是枝脈、經脈的意思。《養生主》還有幾個「技」字（「技蓋至此乎」「進乎技矣」），為甚麼別的技字都不錯，只有這個技字錯了呢？把枝脈、經脈說成「枝經」，誰看得懂呢？過去我們在《古代漢語》裏講《庖丁解牛》時曾採用俞氏的說法，後來才修正了我們的錯誤。

總體來說，研究古代漢語要建立歷史發展觀點，要注意語言的時代性和社會性。把語音、語法、詞彙三方面的歷史發展研究好了，就是一部漢語史。今天只就詞彙方面講一講，講得不深不透，只是從研究方法上講了一些。希望同志們掌握這個方法，學起古代漢語就容易了。

一九八三年

載《語言與語文教學》，安徽教育學院編印，一九八三年六月；又收入《談談學習古代漢語》，山東教育出版社一九八四年版。

註釋

1 這是作者一九八三年五月五日在安徽省語言學會上的講演。

文言語法鳥瞰

這裏對文言語法只談一個極其概括的輪廓。分為三個方面加以敍述：一、句子成份；二、詞序；三、單複數。

一、句子成份

上古漢語句法成份有兩個主要的特點：第一是判斷句一般不用繫詞；第二是第三人稱代詞一般不用作主語。

判斷句，又叫作名詞謂語句，就現代漢語說，也就是「是」字句。例如「孔子是魯國人」，這就是一個判斷句，「是」字是判斷句中的繫詞。在上古漢語裏，這個句子只能是：「孔子，魯人」「孔子，魯人也」或「孔子者，魯人也」，不用繫詞「是」字。有人以為文言文裏另有繫詞「為」字、「乃」字等，那至少不是正常的情況。甚至在判斷句中用了副詞的時候，依現代漢語語法應該認為這些副詞都是修飾繫詞的，而上古漢語在這種情況下仍然不用繫詞。例如《孟子．公孫丑上》：「子誠齊人也。」依現代漢語語法，「誠」後面應該有「是」字，但是古人在這種地方一律不用繫詞。

如果我們不了解上古漢語不用繫詞這一個語法事實，有時候會使我們對古文的語句產生誤解。特別是中學生接觸古文不多，誤解的可能性更大。對於《戰國策．唐雎不辱使命》：「此庸夫之怒也。」很可能誤解為「這個庸夫的怒」，而不懂得是「這只是庸夫的怒」。在上古時代，「是」和「此」是同義詞，都當「這」字講，但是一般人看見「是」字很容易誤會，以為就是繫詞了。例如《孟子．梁惠王上》：「直不百步耳，是亦走也。」中學生們很可能把這個「是」字和現代漢語的「是」字等同起來，而不知道「是亦走也」應該解釋為「這也是逃跑」。假定有繫詞的話，繫詞也只能用在副詞「亦」字的後面，而不能用在前面，可見這裏的「是」字只是指示代詞，不是繫詞。

主語這個句子成份，無論在古代漢語或現代漢語的句子裏，都不是必須具備的。但是，上古漢語的句子不用主語的情況要比現代漢語多得多，主要的原因之一是上古第三人稱代詞一般不用在主語的位置上。試看《論語．陽貨》有這樣一段話：「陽貨欲見孔子，孔子不見。歸孔子豚。孔子時其亡也而往拜之。遇諸塗。」這些句子也有用主語的，也有不用主語的。當它們用主語的時候，只用專有名詞，不用人稱代詞：「孔子不見」不說成「其不見」，「孔子時其亡也而往拜之」不說成「其時其亡也而往拜之」。但是，專有名詞用得太多也嫌累贅，所以在許多地方索性不用主語，例如這裏不說「陽貨歸孔子豚」和「孔子遇諸塗」；至於「其歸孔子豚」「其遇諸塗」則為上古漢語語法所不容許的，更是不能說了。

具體地說，所謂第三人稱代詞不能用於主語，實際上就是「其」字不能用於主語。大家知道，人稱代詞「之」字用於賓語，「其」字則用於「領位」，大致等於現代漢語的「他的」「她的」「它的」或「他們的」「她們的」「它們的」。「其」字不能用作獨立句的主語，因此，「其歸孔子豚」「其遇諸塗」一類的句子都不成話。有時候，「其」字很像主語，其實「其」字的作用在於取消句子的獨立性，使主謂結構變為詞組。例如《孟子．離婁上》：「三代之得天下也以仁，其失天下也以不仁。」「其」字實際上代替了「三代之」，所以「其失天下」按照上古語法應該解作「他們的失天下」（或「它們的失天下」）。

「彼」字倒反可以用作獨立句的主語，例如《孟子．梁惠王上》：「彼奪其民時。」但「彼」字不是一般的人稱代詞，它帶有指示代詞的性質，而且它被用作主語的情況也是相當罕見的。

二、詞序

關於詞序，這裏想談兩種情況：第一是動賓結構的詞序；第二是介詞結構的位置。

在動賓結構中，動詞在前，賓語在後，現代漢語是這樣，古代漢語也是這樣。但是，上古漢語有一種特殊情況：在否定句裏，賓語如果是個代詞，就經常放在動詞的前面。例如《論語．憲問》：「莫我知也夫！」「我」是代詞，所以提到動詞的前面。要了解這個語法規則，必須辨別哪些詞是代詞，哪些不是代詞。《論語．學而》：「不患人之不己知，患不知人也。」「己」是代詞，所以放在動詞的前面，「人」不是代詞，所以放在動詞的後面，這是鮮明的對比。「君」「子」「先生」等都是以普通名詞作為尊稱，不能算為真正的代詞，所以這些詞永遠不能放在動詞的前面。例如《論語．憲問》，在孔子說了「莫我知也夫」之後，子貢接着就問：「何為其莫知子也?」「莫知子」才是對的,「莫子知」反而是違反語法的。真正的代詞賓語如「我」「汝」「之」「是」等,在否定句裏,雖然也偶爾出現在動詞後面,那是非常罕見的了。

在疑問句裏,賓語如果是個疑問代詞,也必須放在動詞的前面。《孟子·梁惠王上》:「牛何之?」《莊子·逍遙遊》:「彼且奚適也?」這種例子是不勝枚舉的。今天的成語還有「何去何從」等。疑問句中代詞賓語的位置比之否定句中代詞賓語的位置更為固定,差不多沒有甚麼例外。

介詞結構是修飾謂語的。按照現代漢語語法,介詞結構一般是放在謂語的前面。但是按照上古漢語的語法,許多介詞結構是放在謂語後面的;特別是「於」字結構跟現代的詞序很不相同。「於」字跟現代漢語對譯時,隨着情況的不同,可以譯成「在」「向」「從」「被」「比」等。在上古漢語裏,「於」字結構一般總是放在謂語的後面;在現代漢語裏,情況正相反,「在」字結構、「向」字結構、「從」字結構、「被」字結構、「比」字結構卻都是放在謂語前面的。試比較下面的幾個從《論語》中選出來跟現代漢語對照的例子:季氏旅於泰山(季氏在泰山舉行旅祭);哀公問社於宰我(魯哀公向宰我問關於社的制度);虎兕出於柙(老虎犀牛從籠子裏跑出來）；屢憎於人（經常被人們憎恨）；季氏富於周公（季氏比周公更富）。就這些情況看來，詞序的差別是很大的。當然也有古今詞序相同的時候，例如《孟子．公孫丑上》：「今人乍見孺子將入於井。」譯成現代漢語是：「現在有人忽然看見一個小孩兒將要掉在井裏。」但是，這種詞序相同的情況是比較少見的。「以」字結構也有類似的情況。《論語．為政》：「生事之以禮，死葬之以禮，祭之以禮。」這些句子的詞序都是跟現代漢語不同的。

三、單複數

在現代漢語裏，我們用「們」字表示複數。不但人稱代詞後面可以加「們」字變為「我們」「你們」「他們」「她們」「它們」；甚至有的名詞也可以加「們」，如「同志們」「科學家們」。我們又用「些」字加在指示代詞後面表示複數，如「這些」「那些」等。在上古漢語裏，這種單複數的區別是沒有的。不但名詞沒有單複數的區別，就是代詞也沒有單複數的區別。「吾」或「我」可以表示「我」，也可以表示「我們」；「爾」或「汝」可以表示「你」，也可以表示「你們」；「之」可以表示「他」「她」或「它」，也可以表示「他們」「她們」或「它們」；「其」可以表示「他的」「她的」或「它的」，也可以表示「他們的」「她們的」或「它們的」。「是」「此」或「斯」可以表示「這」，也可以表示「這些」，有時候還可以表示「那」或「那些」。

第一人稱複數用「我」字。《論語．陽貨》：「日月逝矣，歲不我與。」這句話大意是說：「時間不等待我們。」

第二人稱複數用「爾」字。《論語．先進》：「子路、曾皙、冉有、公西華侍坐。子曰：『以吾一日長乎爾，毋吾以也。居則曰，不吾知也；如或知爾，則何以哉？』」這裏子路等一共四個人，「爾」指的是「你們」。

第三人稱複數用「之」字。《論語．公冶長》：「老者安之，朋友信之，少者懷之。」老者、朋友、少者都不止一個人，所以「之」字應該解釋為「他們」。

第三人稱複數用「其」字。《論語．子張》：「百工居肆以成其事。」既然是「百工」，可見「其」字表示了複數。

指示代詞表示複數的也不少見。《孟子．梁惠王上》：「王立於沼上，顧鴻雁麋鹿，曰：『賢者亦樂此乎？』」「此」是鴻雁麋鹿。《孟子．滕文公下》：「古者不為臣不見。段干木逾垣而辟之，泄柳閉門而不納，是皆已甚。」這裏有個「皆」字，「是」字的複數性更加明顯了。我們雖然不能說古人沒有複數的觀念，但是單複數的區別不需要在語言形式上表現出來。

在《左傳》《史記》《漢書》等書裏，有「吾儕」「我曹」「若屬」一類的說法，那不是簡單地表示複數，而是說「我們這一類的人」「我們這些人」等等，是一種強調的說法。這和我們上面所說代詞沒有單複數的區別的原則是沒有矛盾的。

* * *

以上所談，就是我所說的古代漢語語法的幾個粗線條。在簡短的篇幅裏，不可能談得很全面。但是，如果我們讓中學生得到這些文言語法常識，作為學習古代漢語的基礎，也就很夠了。

在講述這些文言語法常識的時候，不要忘了歷史觀點。我們不要以今律古，大談其「省略」和「倒裝」。上古漢語本來就不需要繫詞，並不是「省略」了繫詞。如果真的是繫詞被省略了，應該總有不省略的時候，而且不省略的情況應該比省略的情況更常見些，為甚麼上古漢語的繫詞是那樣罕見呢？上古漢語的否定句和疑問句的代詞賓語本來就是放在動詞前面的，無所謂「倒裝」，如果說「倒裝」，那只是以現代漢語作為標準。關於單複數問題，也應該這樣看待。現代漢語的代詞有單複數的區別，這是歷史發展的結果，並不能以此證明古代漢語裏也一定有這種區別。這樣研究古代漢語的語法，才是合乎歷史主義的。

載《人民教育》一九六二年一月

漢語發展史鳥瞰[1]

事物總是發展的，語言不能是例外。隨着歷史的發展，漢語從上古、中古、近代以至現代，經歷不少的變化，才成為現在的樣子。研究這些變化，成為一門科學，叫作漢語史，也叫作漢語發展史。

語言是發展的，在科學發達的今天，這是不容懷疑的真理。但是古人並不懂得這個真理，他們以為語言是永久不變的。兒女跟父母學話，世代相傳，怎麼會有變化呢？他們不知道，兒女跟父母學話也不能百分之百相像，一代傳一代，積少成多，距離拉大了，就有明顯的變化。其次，由於社會的發展，新事物的產生需要新的詞語來表示，舊事物的廢棄也引起舊詞語的淘汰，語言的變化就更大了。

現在我分為語音、語法、詞彙三方面和大家談談漢語發展史。由於時間的限制，我只能粗線條地勾畫出一個輪廓。所以我今天講的題目叫作「漢語發展史鳥瞰」。

一、漢語語音的發展

從前人們不知道語音是發展的，不知道古音不同於今音。他們唸《詩經》的時候，覺得許多地方不押韻。例如《關雎》二章：「參差荇菜，左右採之；窈窕淑女，琴瑟友之。」「友」字怎能和「採」字押韻呢？於是有人猜想，詩人為了押韻，把「採」字臨時改讀為「此」，「友」字臨時改讀為「以」。這種辦法叫作「叶音」。但是，為甚麼《詩經》裏所有的「友」字都唸「以」，沒有一處讀成「酉」音呢？人們沒法回答這個問題。直到明末的陳第，才提出了一個歷史主義的原理，他說：「時有古今，地有南北，字有更革，音有轉移，亦勢所必至。」他從此引出結論說，《詩經》時代，「友」字本來就唸「以」，並非臨時改讀。他的理論是正確的。但是他的擬音還不十分正確。直到最近數十年，我們學習了歷史比較法，進行了古音擬測，才知道先秦時代，「採」字的讀音是〔tsʻə〕，「友」字的讀音是〔ɣiuə〕，這樣問題才解決了。

不但上古音和今音不同，中古音也和今音不同。不懂中古音，我們讀唐宋詩詞時，有些地方也感到格格不入。例如杜牧《山行》詩：「遠上寒山石徑斜，白雲生處有人家。停車坐愛楓林晚，霜葉紅於二月花。」「斜」字用北京話讀，用廣州話讀都不押韻，用上海話讀成〔ziɑ〕才押韻了。因為上海話「斜」字保存了唐宋音。又如王安石《元日》詩：「爆竹聲中一歲除，春風送暖入屠蘇。千門萬戶曈曈日，總把新桃換舊符。」用廣州話讀，「除」〔tʃ'θy〕、「蘇」〔ʃou〕、符〔fu〕都不押韻，用北京話讀就押韻了，因為北京話「除」「蘇」「符」等字接近於唐宋音。

聲母方面，有兩次大變化。第一次是舌上音和輕唇音產生。本來知徹澄母字是屬於端透定母的。現代廈門話「直」字讀〔tlt˥〕、「遲」字讀〔ti˥〕、「晝」字讀〔tiu˥〕、「除」字讀〔tu˥〕、「朝」字讀〔tlau˥〕是保存了古聲母。客家話「知」字讀〔ti〕也保存了古聲母。本來非敷奉微四個聲母的字是屬於幫滂並明的。上海「防」字讀〔bɔŋ〕，「肥皂」說成「皮皂」，白話「問」說成「悶」，「聞」〔嗅〕說成「門」，「味道」說成「謎道」，廣州「文」讀如「民」，「網」讀如「莽」，「微」讀如「眉」，白話「新婦」（兒媳婦）說成「心抱」，都是保存了古聲母。舌上音大約產生於盛唐時代，輕唇音大約產生於晚唐時代。

第二次是濁音的消失。本來，漢語古聲母分為清濁兩類：唇音幫滂是清，並是濁；舌音端透是清，定是濁；齒音精清是清，從是濁；牙音見溪是清，群是濁，等等。現代吳方言還保留清濁的分別，例如「暴」〔bɔ〕不等於「報」〔pɔ〕，「洞」〔duŋ〕不等於「凍」〔tuŋ〕，「盡」〔dzin〕不等於「進」〔tʃin〕，「轎」〔dziɔ〕不等於「叫」〔tɕiɔ〕，等等。現代粵方言濁音已經消失，只在聲調上保留濁音的痕跡：清音字歸陰調類，濁音字歸陽調類，以致「暴」與「報」，「洞」與「凍」，「盡」與「進」，「轎」與「叫」，都是同音不同調。北京話只有平聲分陰陽，濁上變去，去聲不分陰陽，以致「暴」等於「報」，「盡」等於「進」，「轎」等於「叫」，既同音，又同調，完全混同了。濁音聲母的消失，大約是從宋代開始的。

韻部方面，也有兩次大變化。第一次是入聲韻分化為去入兩聲。上古入聲有長入、短入兩類。例如「暴」字既可以讀長入〔bo:k〕，表示殘暴，又可以讀短入〔bok〕，表示曬乾（後來寫作「曝」）。後來長入的「暴」字由於元音長，後面的輔音失落，變為〔bo〕，同時變為去聲。長入變去的過程，大約是在魏晉時代完成的。第二次是入聲韻部的消失。古代入聲有三種韻尾：〔-p〕，〔-t〕，〔-k〕，和今天的廣州話一樣。例如廣州「邑」〔jep〕，「一」〔jet〕，「益」〔jik〕；「急」〔kep〕，「吉」〔ket〕，「擊」〔kik〕。後來合併為一種韻尾：〔-ʔ〕，和今天的上海話一樣。例如上海「邑、一、益」〔iʔ〕，「急、吉、擊」〔tɕiʔ〕。最後韻尾失落，和今天的北京話一樣。例如「邑、一、益」〔i〕（「一」讀陰平，「邑，益」讀去聲），「急、吉、擊」〔tɕi〕（「擊」讀陰平，「急，吉」讀陽平）。這最後的過程大約是在元代完成的。

語音的發展都是系統性的變化，就是向鄰近的發音部位發展。例如從雙唇變唇齒，從舌根變舌面。有自然的變化，如歌韻的發展過程是ai→a→ɔ→o，有條件的變化，如舌根音在〔i〕、〔y〕的前面變為舌面音，北京話「擊」字是由〔ki〕變〔tɕi〕，「去」字是由〔k'y〕變〔tɕ'y〕；又如元音〔u〕在舌齒唇的後面變為〔ou〕，廣州話「圖」字是由〔t'u〕變〔t'ou〕，「蘇」字是由〔su〕變〔sou〕，「布」字是由〔pu〕變〔pou〕。條件的變化都只是可能的，不是必然的。

二、漢語語法的發展

語法是最富有穩定性的，但是也不能沒有發展。現在舉出主要的四點來談。

第一，雙音詞的發展。漢語本來是所謂「單音節語」。除連綿字外，都是單音詞。後來逐漸產生雙音詞，隨着歷史的發展，雙音詞越來越多了。雙音詞產生的主要原因是：（1）由於語音系統簡單化，需要產生雙音詞，以免同音詞太多。例如北京話「眼」發展為「眼睛」，「角」發展為「犄角」，就是這個道理。廣州話同音詞較少，因此雙音詞也較少。（2）由於社會的發展，新事物的不斷產生和出現，雙音詞也就越來越多。新名詞一般總是在舊詞的基礎上產生的，往往是兩個舊詞的組合，如「火車」「輪船」「電燈」「電話」「火柴」「肥皂」等。

第二，詞尾的發展。名詞詞尾「子」「兒」，人稱代詞詞尾「們」，形容詞詞尾「的」，副詞詞尾「地」，動詞詞尾「了」「着」「過」，都是近代產生的。這是漢語語法的大發展。尤其是表示情貌（aspect）的動詞詞尾「了」「着」「過」，最能反映漢民族邏輯思維的發展。

第三，量詞的發展。上古時代，漢語的量詞是很少的，只有「車千乘、馬千匹」一類的量詞，而且這些量詞是放在名詞後面的。「一個人」「一所房子」「三條魚」「五棵樹」等，其中的量詞，是比較後起的了。另有一種動量，如「來了八次」「聽了一回」「再說一遍」等，那就更晚。這也是漢語語法的大發展。

第四，使成式的發展。上古時代，使成式非常罕見。《孟子》說：「則必使工師求大木……匠人斲而小之。」這是使成式的萌芽。由「斲而小之」演變為「削小」，就成了使成式。但是，使成式在古文中仍是非常少見的。古人用的是使動詞。「打敗了他」，古人只說「敗之」；「做成了它」，古人只說「成之」；「打死了他」，古人只說「斃之」；「打倒了他」，古人只說「踣之」，等等。使動詞只說出了結果，沒有說造成這種結果的原因，意思不夠明確。使成式把因果同時說出來了，這也是漢語語法的大發展。

三、漢語詞彙的發展

隨着社會的發展，詞彙就有新陳代謝。舊詞的死亡和新詞的產生，是漢語發展長河中最顯而易見的現象。上古的「俎」「豆」「尊」「彝」等等，後代沒有了，它們就變了死亡的詞。但是新興的詞要比死亡的詞多得多。

詞彙的發展和社會生產的發展有極其密切的關係。社會生產的發展又和科學技術的發展大有關係。近百年來，社會生產有巨大的發展，因此，表現新事物、新科學、新技術的名詞術語也就層出不窮。近百年來，漢語新詞的產生，其數量遠遠超過二千年。我們可以從新詞產生的多少看文化科學的進步。

漢語的詞彙常受外語的影響。最明顯的影響可以分為三個時期。第一時期是北方與西域的影響，主要是在漢代輸入一些外來語，如「箜篌」「琵琶」「蒲桃」（葡萄）、「苜蓿」等。第二時期是印度的影響，主要是在東漢輸入佛教以後，如「佛」「菩薩」「和尚」「世界」「地獄」「罪孽」等。第三時期是西洋的影響，是在鴉片戰爭以後，西洋的文化、科學、技術傳入中國，漢語裏產生大量的新詞，五四運動以後，新詞越來越多。今天書報上的文章裏，大約有三分之一以上是五四運動以後新興的詞語，不過人們習以為常，不知道它們是新興的詞語罷了。

應該指出，五四運動以後新興的詞語並不都是外語的影響。除了「咖啡」「沙發」一類音譯名詞之外，一般的譯詞如「火車」「輪船」「電燈」「火柴」「肥皂」「電影」等，都不該認為是外語的影響，因為這些新事物傳入中國以後，中國人用漢語的舊詞作為詞素造成這些新事物的名稱，這是土生土長的東西，不能說是從外語借來的。

但是，有些抽象的名詞概念，仍應認為是從外語借來的。例如「哲學」「文學」「邏輯」「前提」「具體」「抽象」「經濟」「革命」「發展」等，都不是我國古人原有的概念。古書中雖也有「文學」「具體」「經濟」「革命」的說法，但不是今天這個意思。至於「邏輯」是譯音（logic），「前提」「抽象」是譯意（premise，abstract），那更不用說，是受外語的影響了。

以上所講的漢語發展史，可說是輪廓的輪廓。詳細講起來，可以寫成一部書。這裏不詳細講了。

載《語文園地》一九八一年第一期

註釋

1 這是作者在香港大學的一次演講。

觀念與語言

凡有語言學常識的人，都知道語言的武斷性。語言學家戴．索胥（F. de Saussure）把語言稱為「能表者」，把思想稱為「所表者」，同時又説明能表者和所表者之間並沒有必然的關係。這裏所謂沒有必然的關係，只是説語言初形成的時候是如此，並不是説語言裏各成份像一盤散沙，毫無系統。不過，語言既是富於武斷性的，則「能表者」的可能形式當然很多，各民族在用語言表達思想的時候，即使思想完全相同，表現的方式也絕不相同。語音方面，某語音表示某思想，各民族之間大相徑庭，這是大家很容易感覺到的。至於未發言以前「語像」的不同，就很少人注意到了。「語像」之不同，有關於語法方面的，有關於詞彙方面的。本文專門從詞彙方面來談一談觀念與語言的關係。

觀念和觀念的相通，在各民族的心理上並不一致。這種不一致的情形，在各族語的詞彙上可以充份表現出來。首先應該論到的是語言上的「譬喻法」（metaphor）。像「山腳」「瓶口」「鋸齒」之類，以腳譬喻山之低處，以口喻瓶之進物處，以齒喻鋸之鋸物處，似乎是全人類都有同感的。但是，英國人說「針眼」（the eye of a needle），德法人並不這樣說；中國人說「傷口」，英法人也並不這樣說。「山腳」這一個名稱，似乎很普通了，但是，據柏龍斐爾特（L. Bloomfield）說，在 Menomini 語裏，山而有腳，卻成為無意義的話。西洋人稱無恥而聰明的人為「狐狸」，風騷的女人為「貓」，中國並沒有這種說法；中國人稱男色為「兔子」，縱妻賣淫的人為「烏龜」，西洋也沒有這說法。

字的本義和引申義的關係，也是觀念相通的表現。但是，某一字的引申義，在某一民族裏視為當然的，在另一民族看來，往往不知其所以然，甚至百索不得其解。例如法語 respirer 本義為「呼吸」，引申義為「渴望」，非但中國人不如此引申，連英國人也不如此引申。又如名詞 condition 的原始義為「地位」，展轉引出「條件」一義；動詞 suppose 的原始義為「假設」，展轉引出「包含」（imply）的意思。在中國人看來，地位與條件，假設與包含，兩個觀念之間應該沒有相通之理。即如英文 need 字，既作「缺乏」解，又作「需要」解，雖然「缺乏」和「需要」二義極可相通，但是中國原來並非一字。又如 charming 一字本為「以邪法惑人」的意思，引申為「可悅」，中國雖也有「美色迷人」之說，卻不像西洋那樣用於正經的方面。

再拿中國字為例。例如「須」字，它由「待」的意義（《詩》「印須我友」）引申到「用得着」的意義（《漢書》「不須復煩大將」），再引申到「應該」的意義，本是頗自然的演化，但是在英法語裏，「待」的觀念，並沒有和「應該」的觀念相通的痕跡（「道」字情形與此相仿）。又如「仇」字由「仇匹」引申為「仇讎」，二人相偶，易成怨仇，這也有其演化之理，然而西洋在這源上頭也並不相通（法文 duel 與此相似，但「決鬥」之 duel 出自拉丁文 duellum，「雙數」之 duel 出自拉丁文之 du lis，並不同源）。再舉一個例子：「寫好了信」「炒好了菜」的「好」字表示「完成」，英文的 good、well，法文的 bon、bien 都是沒有這種引申的。

有些字雖有兩個以上的意義，這些意義是否同源不可詳知，於是這兩個觀念在民族心理上是否相通也不可知。例如 air 表示空氣，又表示曲調，又表示神態。key 表示鑰匙，又表示音樂上的基調。subject 表示臣民，又表示題目。在這種不可詳考的情形之下，我們只能暫時認為各不相通。中國語此類例子甚多，如「仁義」的「仁」與「桃仁」的「仁」、「麻木不仁」的「仁」，「介冑」的「介」和「此疆爾介」的「介」，「仔肩」的「仔」和「仔細」的「仔」，「征伐」的「伐」和「矜伐」的「伐」，都只好認為 homonyms 或 homographs，但是，這只是暫時如此判斷，並不敢斷定它們絕不相通。試舉法語 grève 一詞為例，一為「沙灘」，一為「罷工」，兩個觀念似乎絕不相通。然而經 Darmeateter 的考證，巴黎有一個廣場名叫 Grève（即今 Hotel de Ville），這廣場是沿着塞納河的沙灘的，而昔日工人又在此地等候登記，所以「沙灘」和「罷工」有了這一座橋樑，就此相通了。試以中文為例，如「任」字通「妊」（《史記》「紂刳任者」），似與「責任」的「任」絕不相通，但如果我們知道「任」有「抱負」的意思（《詩》「是任是負」），就明白由「負擔」演化為妊娠和責任是多麼自然的趨勢了。

以上討論的是從語言上看觀念之相通，各民族並不一致。以下我們還要舉出另一件事實，也是各民族不一致的，就是在表示同一事物的時候，其觀念也常有綜合與分析的不同。

本來，古今的語言相比，也常有分析與綜合的歧異。「犢」是「小牛」，「閾」是「門檻」，「耕」是「種田」，「汲」是「打水」，「舉」是「拿起來」，「置」是「放下去」。一國之內方言相比，也有同樣的情形：粵語叫作「粥」，官話叫作「稀飯」；上海叫作「蛇」，北平叫作「長蟲」。但是，若拿甲乙兩族語相比，尤其是不同系的語言相比，這種參差的情形，尤為顯著。wick 是「燈心」，或「燈草」，

mason 是「泥水匠」，shave 是「刮鬍子」，smoke 是「吸煙」。這是中文分析而英文綜合的例子。「柴」是 bois à brûler（英文 firewood 也是分析而成的合成字），「兄」是 frère aîné，這是中文綜合而法文分析的例子。

觀念的分析，有很合理的，例如「小牛」之於「犢」，「刮鬍子」之於 shave；也有頗難索解的，例如「打水」的「打」字。暹羅人稱「蜜」為「蜂水」，稱「油」為「肥水」，稱「乳」為「胸水」，在別的民族看來，已經覺得奇怪；至於他們稱「意」為「心水」（Namchai），「水」字更是奇中之奇。但是，我們所感覺的「奇」，在他們是「平平無奇」，因為許多地方可用風俗習慣甚至於宗教來解釋的。不過，我們似乎覺得有些族語偏於綜合，有些族語偏於分析。例如暹羅人把「河」也稱為「水母」，其偏於分析的特徵是顯然的。

越是範疇分得細，越是用綜合的觀念。當我們的祖先把小牛叫作犢的時候，幾乎可說是不把犢和牛看作同類的東西。《說文》裏以猲為短喙犬，以獫為長喙犬，以猈為短脛犬，只是追加的釋詞，其實在語言初形成的時候，未必把牠們認為同類。西洋人把鼠分為 rat 和 mouse 兩種，在原始的時候，一定是把牠們的分別看得很大，然後定出毫不相干的兩個字來。這種情形，和某一民族的風土人情大有關係。依《說文》馬部所載，馬類有種種名稱，如馬白色黑鬣毛為駱、馬深黑色為驪之類，不下數十種，這足以表示這是畜牧時代的遺蹟。據說阿拉伯有幾千個字來表示種種的駱駝，卻沒有駱駝的總名，這一則可見阿拉伯人的生活和駱駝的關係太密切了，二則可見語言形成的初期，阿拉伯人並沒有把這幾千種駱駝認為同屬一大類的感覺。另有些語言裏，對於棕櫚，有許多名稱；卻沒有一個總名，也是這個道理。有些民族沒有「洗」字，只有「洗手」「洗臉」「洗身」等名稱，也因為他們把洗手的動作和洗身洗臉的動作認為差別很大的緣故。我們中國話之所以把「兄」和「弟」、「姊」和「妹」、「伯」和「叔」分得十分清楚，正因為在上古的宗法社會裏，長幼之序甚嚴。中國的「秧」「稻」「穀」「米」「飯」五字，在安南只有 lua（秧、稻、穀）、gao（米）、com（飯），而在英文更只有 rice 的總名。這正足以表示中國和安南為產米之國，恰和阿拉伯是產駱駝之國一樣。

觀念的分析和綜合，語法學家最看得清楚。例如 pirate 雖可譯為「海賊」，然而 pirate 是一個詞，是綜合的觀念；「海賊」是兩個詞，是分析的觀念，不能相提並論。但是，若撇開語法的立場，專從語言的功用來說，綜合和分析卻是異途而同歸。說分析的語言勝於綜合的語言固是荒謬，若說綜合的語言勝於分析的語言，也有失真理。記得雜誌上記載某君的言論，他因中國只有「鬍子」一詞和英文 beard、moustache 二詞相當，就斷定中國的語言是貧乏的；其實我們之所以不要分得這樣細，大約因為現代中國人留鬍子的太少了。試看中國上古以留鬍子為美觀的時代，我們有「髭」「鬚」「髯」的分別，比英文還要分得細呢！

由上所說，我們知道，在語言的表現上，觀念與觀念之間並沒有必然的關係。在語言的結構上，則有綜合和分析的分別，但這綜合和分析可以說是先天的，就是先在民族的心理上生了根，先在觀念上形成綜合或分析的「語像」，然後發為語言。總之，觀念與語言的關係，是由各民族的風俗習慣宗教文化決定的。我們只應該在這上頭比較它們的異同，無論在語言學本身或社會學上都有裨益，卻不應該從它們的異同地尋找民族的優劣或語言的豐富或貧乏的證據，因為這是徒勞無功的。

載《文學創作》三卷一期，一九四四年。

邏輯和語言[1]

在社會生活中，人們要互相交流思想，就必須運用邏輯和語言。邏輯和語言是既有聯繫又有區別的。認識這兩者的關係，會有助於我們自覺地選擇恰當的詞句來表達我們的思想，有助於我們從邏輯方面來分析不同詞句中所包含的思想，提高我們運用邏輯和語言的能力。

在這篇文章裏，擬就下列幾個問題做一些分析，這些問題是：（一）思維和語言的統一性；（二）思維和語言的區別；（三）概念和詞；（四）判斷和句子；（五）推理和複句；（六）思維的發展和語言的發展。

一、思維和語言的統一性

邏輯是關於思維的形式和規律的科學。要談邏輯和語言的關係，必須先談一談思維和語言的關係。

思維和語言是有機地聯繫着的，不可分割的。語言是在人的勞動過程中和思維一起產生的。沒有思維就沒有語言，「語言是思想的直接現實」。[2]假使人類沒有思想，則語言的存在不但沒有必要，而且沒有可能。沒有語言也沒有思維，思想「只有在語言的材料底基礎上」才能產生。[3]思維的過程實際上是一種自言自語，不過一般不發出聲音來罷了。

語言對人類思維的發展有着重大的意義。斯大林說：「有聲語言在人類歷史上是幫助人們從動物界劃分出來、結合成社會、發展自己的思維、組織社會生產、與自然力量作勝利鬥爭並達到我們今天所有的進步的力量之一。」[4]又說：「語言是直接與思維聯繫的，它把人的思維活動的結果，認識活動的成果，用詞及由詞組成的句子記錄下來，鞏固起來，這樣就使人類社會中思想交流成為可能的了。」[5]這種「記錄」極為重要，假使沒有詞和句子，人類思維活動的結果就無從繼承下來。恩格斯說：「『物質』和『運動』這樣的名詞無非是簡稱，我們就用這種簡稱把許多種不同的可以從感覺上感知的事物依照其共同的屬性把握住。」[6]生產越發展，科學越進步，人類的抽象活動能力就越高，我們在進行思維的時候，並不需要對每一事物的屬性都加以概括；由於文化的積累，概念都由詞記錄下來，像「物質」「運動」等詞，它們吸收並保存了人類數千年來所獲得的知識。思維和語言的相互依存，由此得到很好的證明。

思維和語言是不可分割的，資產階級唯心主義者不承認這個真理。杜林說：「誰要是只能通過語言來思維，那麼他就不懂得甚麼是抽象的和純粹的思維。」恩格斯批評他說：「如果這樣，那麼動物就是最抽象的、最純粹的思維者，因為牠們的思維永沒有因語言的討厭的干涉而弄得模糊。」[7]反動的法國唯心主義哲學家柏格森認為，邏輯思維並不能幫助我們理解現實，同時以為思想和詞是不相稱的。有了詞反而妨礙了思想的表達。

大家知道，馬爾也是把思維和語言分割開來的。馬爾認為：人們的交際，不用語言，而藉助於完全擺脫語言的「自然物質」和完全擺脫「自然規範」的思維本身就可以辦到。斯大林說他陷入了唯心主義的泥坑。[8]

在中國，分割思維和語言的唯心主義觀點突出地表現在文字學上。漢字被認為是一種表意文字，這個名稱容易令人產生一種錯覺，以為漢字是直接表示概念的。有些文字學家在講述文字時透露了這種觀點，甚至明白表示了這種觀點。漢字如果是直接表示概念的，那麼人們的思想就不須通過語言來表達，同時也不須藉助於語言來進行思維。實際情況並不是這樣。漢字儘管不是拼音文字，它仍舊代表着語言中的詞。它並沒有脱離詞的中介而去直接表示概念。文字是語言的符號，文字被稱為「書面語言」，這個名稱是非常恰當的。我們寫文章的時候，所謂構思，實際上是正在進行「默語」；我們讀書的時候，即使是「默讀」，讀的也正是有聲語言中的詞。書面語的出現，是人類文化上劃時代的一個歷史階段，它助成了人類思維的發展。但它始終只是有聲語言的代表，它不能直接表示概念。思維和語言的相互依存性仍然是不容否認的。

二、思維和語言的區別

語言和思維是統一的，但是我們不能把它們等同起來。資產階級唯心主義者或者把兩者割裂開來，或者是把兩者等同起來。割裂和等同，都是錯誤的。

等同的結果有兩種可能：或者是從邏輯出發，片面地強調人類邏輯思維的共同性，宣傳所謂「普遍語法」；或者從語言出發，片面強調民族語言的特點，硬説各民族的思維形式是互不相同的。

法國保爾—羅亞爾學派在一六六二年編寫了一部《保爾—羅亞爾邏輯》（又名《思維的藝術》），接着在一六六四年又編寫了一部《普遍語法》（全名是《普遍的合理的語法》）。這兩部書差不多同時出版，這不是偶然的。在保爾—羅亞爾學派看來，人類的邏輯思維既然是共同的，語法也應該是共同的，不合於人類的共同邏輯思維的也就是不合語法的。這種理論的影響很大。某些語法學家，即使不是直接接受保爾—羅亞爾學派的影響，在唯心主義思想指導下，實際上也是這樣看待語法的。馬建忠在他的《馬氏文通》後序裏說：「鈞是人也，天皆賦以此心之所以能意，此意之所以能達之理；則常探討畫革旁行諸國語言之源流，若希臘若辣丁之文詞而屬比之，見其字別種而句司字，所以聲其心面形其意者，皆有一定不易之律，而因以律夫吾經籍子史諸書，其大綱蓋無不同。於是因所同以同夫所不同者，是則此編之所以成也。」馬建忠看見了人類思維的共同性，這是正確的一面，但是由此推理出人類語法的普遍性，那就錯了。世界各國不同民族的語言，它的語法雖有某些類似或共通之處，但是各有各的特點；特別是不同語系的語法，其間的差別更大。語言學家研究語言的種類越多，越證明了所謂「普通語法」是不存在的。

每一民族語言有它自己的特點，這是事實。唯心主義語義學派卻由此認為，各個民族之間，不但在語言形式上是有差別的，而且在思維形式上也是有差別的。這樣，唯心主義語義學派在各民族間建立了圍牆，似乎民族間的思想交流是不可能的。實際上，語言和語言之間，思想表達方式的不同，主要是語言的民族風格的問題，而不是思維形式本身有甚麼不同。

馬克思主義認為：思維的形式和規律是世界各民族所共同的。不同的民族，只要正確地運用思維的形式和規律，它們就可以相互交流思想、翻譯彼此的語言。馬克思主義又認為：語言的形式和規律是富有民族特點的。斯大林說：「共同的語言是民族的特徵之一。」[9]語言的民族特點是歷史的產物。因此在不同源的語言之間，差別很大；在同源的語言之間，差別就小些；「近親」的語言，差別就更小一些。同一語言，在不同的歷史時期，也各自有其特點。這就是說，在民族特點的基礎上還要加上歷史特點。把不同民族、不同時期的語法歸結為同一類型，這是缺乏歷史主義觀點的。總之，把思維和語言等同起來是錯誤的；把邏輯和語法等同起來也是錯誤的。

三、概念和詞

概念和詞是密切聯繫着的，但是不能混為一談。

概念是由詞記錄下來、鞏固起來的。正如離開了語言就沒有思維一樣，離開了詞就沒有概念。每一個概念都有一個詞或詞組跟它相當。

但是我們不能倒過來說，每一個詞都有一個概念跟它相當。有些詞並不代表概念。代表概念的詞是能充當邏輯主語和邏輯謂語的詞，即語法上所謂實詞；不代表概念的詞是不能充當邏輯主語和邏輯謂語的詞，即語法上所謂虛詞。虛詞如介詞、連詞、嘆詞以及語氣詞等，它們是所謂的語法成份。虛詞的作用在於表示詞與詞的關係（介詞），句與句的關係（連詞），說話人對語句所表達的事情的態度（語氣詞），甚至只表示感嘆的聲音（嘆詞），它們在句子中只起輔助作用，而不能獨立地指稱事物、性質和行為。從邏輯方面看，虛詞是在判斷和推理中才用得着的，它並不是一個概念。[10]不過虛詞在詞彙中只佔很少的數量，所以我們仍舊可以說，詞一般是代表概念的。

概念和詞的關係是相當複雜的。同一個詞可以在不同的上下文表示不同的概念，這是所謂多義詞，例如漢語中「伐木」的「伐」不同於「討伐」的「伐」，「風雨」的「風」不同於「作風」的「風」。同一個概念也可以用不同的詞來表示，這是所謂同義詞，例如「肥皂」又叫「胰子」，「衣服」又叫「衣裳」。一個概念可以用一個詞表示，也可以用一群詞（詞組）表示，例如「帝國主義」是一個詞，「資本主義的最高和最後的階段」是一個詞組。詞又可以帶感情色彩，如褒義詞、貶義詞、愛稱等。這些感情色彩是超出了概念的範圍之外的。

概念的語言表現形式是隨民族而不同的，每一種語言都具有自己的語音特點和語法特點。概念和詞的根本區別就在這裏，詞通過概念反映客觀現實，詞義不可能是任意的。但是，具體語言中的每一個詞，其所以採用這個語音形式而不是別的語音形式，從最初形成的情況說，則不可能不是任意的。唯心主義語義學派把語言和思維等同起來，由語言的任意性引出反動的結論，以為詞義也是任意的，是人們從意識中臆造出來的，不能反映客觀現實。這是為帝國主義服務的反動學說，是反科學的學說。[11]但是，如果因為詞義不是任意的，從而得出結論，以為語音也不是任意的，那又錯了。解放前有一位江謙先生寫了一部《說音》，企圖證明語音和詞義的關係不是任意的。他說：「然外國語亦世界方言耳，以心理生理之同，而因聲託意，不能無合同之點。此殆所謂自然者非耶？」[12]這種觀點是完全錯誤的。不過，語音語法的任意性也只是就其來源而論，至於詞的形式在語言中固定下來以後，它也就不再是任意的了。因此，詞的語音特點和語法特點必須認為是民族的歷史產物；各民族有自己的歷史，也就有自己的語音特點和語法特點。

由於概念在民族間是共同的或相通的，語言的翻譯才成為可能；由於具體的詞在民族間是採用不同的語音形式的，語言的翻譯才成為必要。在翻譯的問題上，概念和詞的區別是非常明顯的。

某些具體概念也有民族特點。主要是外延廣狹的不同。某一概念在甲語言裏是外延較狹的，譯成乙語言可能是外延較廣的。例如漢語的「兄」，在俄語裏是 старший брат，在英語裏是 elder brother，在法語裏是 frère aîné；漢語的「弟」，在俄語裏是 младший брат，在英語裏是 younger brother，在法語裏是 frère cadet。在這一類詞上，在漢語裏只用一個詞來表示；在俄語、英語、法語裏須用兩個詞來表示。「兄」和「弟」的外延較狹，內涵較深，брат 的外延較廣，內涵較淺，所以不能一致。有時候甲語言裏的幾個概念，譯成乙語言還只有現成的一個概念跟它們相當，粗譯，這樣對譯也就算了；如果要求譯得精確，就不能不再加定語。例如漢語的「稻」「穀」「米」「飯」，譯成俄語、英語、法語都只有一個詞跟它們相當（рис、rice、riz），如果要譯得精確，只能把「稻」譯成「連根的 рис」，把「穀」（南方人所謂「穀」）譯成「帶殼的 рис」，把「米」譯成「去殼的 рис」，把「飯」譯成

「煮熟的 рис」。有時候，在甲語言裏是兩個獨立的概念，在乙語言裏只是一個概念。例如俄語裏的 крыса、мышь，英語的 rat、mouse，法語的 rat、souris，在漢語裏只有一個「老鼠」跟它們相當。如果要區別開來，只好譯成「大種的老鼠」和「小種的老鼠」。「兄」「弟」和 брат 的比較，「稻」「穀」「米」「飯」和 рис 的比較，是外延廣狹的問題；крыса、мышь 和「老鼠」的比較，在說俄語、英語、法語的人看來，這是兩個不同的概念，不是外延廣狹的問題，但在說漢語的人看來，仍舊是外延廣狹的問題。

在動詞和形容詞方面，如果拿不同語系的語言做比較，也都有一些概念交叉的現象。這裏不討論了。

某些具體概念的民族特點也是歷史形成的。對於某些語言現象，可以從民族的社會特點或生產特點去追溯它們的原因。漢族宗法制度的特點之一是長幼有序，所以兄弟必須分別清楚。漢族的稻為主要穀物，所以有必要把種在地裏的、收在倉裏的、碾過的、煮熟的，一一區別開來。越南的社會特點和生產特點和漢族近似，所以在越南語裏，兄弟區別為 anh em[13]，稻區別為 lua（稻，穀），gao（米），com（飯）。當然我們也要注意語系的關係。「兄弟」這個概念在印歐語裏自始就是單一的，它的原始形式假定是 bhrātor（梵語 bhrātar），這就是說明了為甚麼在俄英法等語裏不但概念一致，連語音也是有着對應規律的。

這一切都不妨害這樣一個論斷：概念在民族間是共同的或相通的。概念是反映客觀現實的，不可能是隨民族而異的。外延的廣狹，內涵的深淺，以及概念的交叉，這些都是各民族語言獨立發展的自然結果，不是本質的差別。

四、判斷和句子

判斷和句子的關係，也是互相聯繫而又互相區別的。

首先在邏輯和語法這兩門科學所用的術語上，我們可以看得出判斷和句子的密切關係。「命題」本是邏輯學的術語，在拉丁語是 propositio，原意是「擺在前面」「擺在眼前」。英語保留 proposition 作為邏輯學的術語，專指判斷的語言形式，即「命題」，而對於「句子」則稱為 sentence，這樣就把邏輯學上的「命題」和語法學上的「句子」區別開了。但不是所有的語言都這樣區別開的。法語除了用 phrase 來指稱「句子」之外，還用 proposition 來指稱「分句」；至於法國人所謂獨立的 proposition，實際上就是獨立的「句子」。俄語用 предложение 摹寫了 propositio，索性把「命題」和「句子」合而為一。「主語」在拉丁語是 subjectum，原意是「擺在下面的東西」。「謂語」在拉丁語是 prädicatum，原意是「說出來的東西」。英語的 subject、predicate，法語的 subjet，prédicat 都是同時用作邏輯術語和語法術語的。俄語既繼承了拉丁語，說成 субъект、предикат，又摹寫了拉丁語，說成 подлежащее、сказуемое，這樣正好成為兩套，拿前一套作為邏輯術語，後一套作為語法術語。但是，在蘇聯的邏輯界，這兩套術語也不是截然分開的。至於「繫詞」，無論英語、法語、俄語，都是兼用於邏輯和語法的，不過俄語在語法上用得更為常見罷了。[14] 這些術語的通用，一方面說明了兩門科學的歷史瓜葛，另一方面也說明了判斷和句子之間的確有它們的共同之點。

蘇聯的邏輯學教科書往往強調判斷成份和句子成份之間的差別。這是由於俄語語法上所謂「謂語」與邏輯上所謂「謂語」的定義不完全符合，又有「邏輯主語」和「語法主語」的差別，所以這種辨別是重要的。在漢語裏，這個問題是次要的。

依照一般邏輯教科書的說法，每一個判斷都包括三個部份：主語、謂語和繫詞。例如：「帝國主義是資本主義的最高和最後的階段」，這是一個判斷，其中的「帝國主義」是主語，「資本主義的最高和最後的階段」是謂語，「是」是繫詞。在漢語裏，繫詞一般是用「是」字表示的。現在我們要問：是不是每一個判斷和句子都必須包括主語、繫詞、謂語三個部份呢？換句話説，是不是一定要有繫詞呢？在判斷和句子的關係上，這倒是一個重要的問題。

在歷史上，許多邏輯學家把邏輯和語法混為一談，他們認為，不但每一個判斷應該包括這三個部份，而且每一個句子也應該包括這三個部份。他們把動詞分為兩類，一類叫作「存在動詞」，就是繫詞「是」字；另一類叫作「屬性動詞」，指的是一般動詞。後者之所以被認為「屬性動詞」，是因為在這些邏輯學家看來，這種動詞一方面表示主語的屬性，一方面還隱藏着「是」字。例如「鳥飛」應該理解為「鳥是飛」，「馬跑」應該理解為「馬是跑」，「我愛」應該理解為「我是愛」，「你聽」應該理解為「你是聽」。這種解釋是違反語言實際的。直到今天，還有人在講邏輯的時候，以為在沒有繫詞的句子裏必須把繫詞補充起來，然後成為判斷形式。例如「美國侵略古巴」應該理解為「美國是侵略古巴的國家」。這也是不符合語言實際的，這兩句的涵義並不是完全相等的。

我們可以舉出大量的語言事實來證明句子並不是必須有繫詞的，甚至在所謂

「名句」（以名詞或形容詞做謂語的句子）中，也不一定用繫詞。在上古漢語裏，「鄉原，德之賊也」，這一類句子是典型的「名句」，其中並沒有繫詞的。即以印歐語而論，印歐語正常的「名句」是不用繫詞的，梵語和古希臘語的「名句」一般都不用繫詞；直到今天的俄語，現在時的「是」字在口語裏是不用的，尤其是第三人稱複數現在時的 суть，在現代文學語言裏早已不用，所以有的邏輯學家認為只能在判斷的公式裏用它，不能在舉實例時用它。至於所謂「動句」，更是和繫詞風馬牛不相及。我們說「美國侵略古巴」只是肯定了侵略這一件事實，並不需要把「侵略」認為隱含着繫詞，也不需要補充甚麼繫詞。

判斷三分法是亞里士多德傳下來的傳統邏輯公式，其實現代邏輯學家也有使用二分法的，那就是像現代漢語語法書上所説的那樣，把判斷只分為主語和謂語兩部份，如果有「是」字，也把它歸到謂語裏去，這樣，判斷的形式（命題）就和句子的形式一致起來了。

我個人認為，在判斷的公式中放一個繫詞是完全合理的，只是不要把繫詞看得太死，不要在沒有繫詞的實例中硬説它隱含着繫詞或省略了繫詞。繫詞的原意是在兩個概念中間建立關係，是表示肯定這種關係（若加否定詞是否定這種關係）。公式中放着這個繫詞，正是表示邏輯思維的形式，但若硬塞到具體句子裏來就不對了。在這裏，我們可以明顯地看出判斷和句子的聯繫和區別。

所有的判斷都必須表現為句子的形式，這是肯定了的，思維不能離開語言而存在，判斷也就不能離開句子而存在。現在我們倒過來問：是不是所有的句子都表示判斷呢？這是一個比較複雜的問題。

邏輯所研究的是人類思維的形式和規律，它不關心表現情感和意志的語言形式。因此，純粹的感嘆句如「天哪！」祈使句如「來吧！」「請你倒杯茶我喝！」都不構成判斷。純粹的疑問句如「他是誰？」「今天星期幾？」「他是從甚麼地方來的？」也都不構成判斷。感嘆句、祈使句、疑問句之所以不構成判斷，是因為這些句子所表達的無所謂真實和虛假。如果是無疑而問的反詰句或帶有肯定意味或否定意味的感嘆句，自然又當別論。這樣一來，一般只有直陳句可以充當邏輯學上的命題。有些邏輯學家還認為，並不是所有的直陳句都表示判斷，例如詩歌和小說中的形象描寫，就很難說它是判斷。由此看來，判斷和句子的區別還是相當大的。

判斷沒有民族特點，而句子則是有民族特點的。前面說過，就許多語言的實際情況來看，命題中的繫詞是可有可無的，甚至是沒有的。邏輯學上所謂的命題在很大程度上取消了民族特點，使各民族語言多樣化的句子成為統一的類型。「所有的S都是P」，「任何一個S都不是P」，「有些S是P」，「有些S不是P」，「S或者是P，或者是P_1」，「S或S_1是P」，等等，其中有些命題在漢語口語中說出是相當彆扭的。邏輯學上所謂命題一般都用現在時，語言的時的變化不能充份表現出來，又沒有分詞，沒有被動式，等等。語言的語法範疇和各種感情色彩都不是判斷所關心的。這樣就更加突出了判斷和句子的區別。在概念和詞的關係上，語音最富於民族特點，語法的民族特點不很多，甚至沒有甚麼民族特點；在判斷和句子的關係上，語法最富於民族特點，至於語音的民族特點，那不過是伴隨着語法而來的（如語調等）罷了。

五、推理和複句

推理是和複句或句群相當的。不是任何句子擺在一起都能構成推理。推理要有連貫性。

在推理的問題上，思維形式和語言的統一性最大，但是也不能完全等同起來。

就拿演繹推理來說。大家知道，在日常談話中，甚至在正式文件中，用的常常是簡略的推理，略去大前提、小前提，或者是略去結論。尤其是前兩種情況最為常見。略去大前提的推理，常常是把結論放在前面，例如：「我們反對現代修正主義，因為現代修正主義是為帝國主義服務的。」當然結論也可以放在後面，例如：「現代修正主義是為帝國主義服務的，所以我們反對現代修正主義。」略去小前提的推理，例如：「超額完成生產計劃的人應該受到表揚，所以我們表揚他們。」至於略去結論的推理，在書面語言中是比較少見的，在日常談話中則比較多見。例如：「星期一上課，今天星期一。」

推理在語法中的表現也有一些民族特點。漢語裏的按斷句和申說句都是略去大前提的推理，它們不用連詞「所以」和「因為」，而且詞句也不完全合於邏輯公式。例如：「你是黨教育出來的孩子，黨不能放開你不管。」（《紅旗譜》三二七頁）這是漢語裏的按斷句，沒有用「所以」。又如：「兄弟去探獄，也被逮住了；兄弟也是共產黨員。」（《紅旗譜》一七七頁）這是漢語裏的申說句，沒有用「因為」。按斷句和申說句又往往用反詰句來表示。例如：「不是咱自個兒事情，管的那麼寬了幹嗎？」（《紅旗譜》三三頁）又如：「天黑了，還去幹嗎？」（《紅旗譜》

一八一頁）有些推理在口語裏採用一種非常靈活的方式，不但不具備三段論法的形式，甚至判斷的形式也不完全。例如：「可不是嗎？幹就得像個幹的樣子，都是小夥子。」邏輯學家也許不承認這是推理，但這是人民群眾的日常推理方式。邏輯推理和具體語言的區別，在這裏又得到了證明。

六、思維的發展和語言的發展

最後，我想談一談邏輯思維的發展和語言的發展。這個問題太大了，這裏要談的只限於邏輯思維的發展在語言中的反映。在這較狹小的範圍內，也只能舉若干實例做一些分析。

隨着社會的發展、生產的發展、科學的發展，人類的邏輯思維是逐步向前發展的。語言的發展，在一定程度上也反映了邏輯思維的發展。但是我們不能把問題簡單化了，有些語言事實的演變只能從它的內部發展規律去說明，或者從社會對語言的影響去說明，而不能認為是邏輯思維的發展在語言中的反映。

概念外延的廣狹，常常反映了社會的需要（參看上文），我們不能說，外延較狹的概念是高級思維，反映到語言裏成為詞彙豐富的語言。例如從前有人說英語能把鬍子分為 beard（下鬍子）和 moustache（上鬍子），這就證明了英語的詞彙豐富，表現力強，為漢語所不及。這種看法顯然是錯誤的。鬍子要不要區別為更細的概念，這完全是由於社會交際的需要。漢族男子在古代還沒有剃鬍子的風俗。古樂府《陌上桑》說：「行者見羅敷，下擔捋髭鬚。」可見這些挑着擔子走路的男子都是有鬍子的。鬍子長得好，算是美男子的特點之一，所以《漢書》稱漢高祖「美鬚髯」，《三國志》也稱關羽「美鬚髯」。鬍子對古代漢族是那樣重要，所以在語言表現為三種鬍子：嘴唇上邊的叫「髭」，下巴底下的叫「鬚」，兩邊的連腮鬍子叫「髯」。到後代，中年以上才留鬍子。至於現代，老年也不一定留鬍子，因此，就沒有必要分為三種鬍子了。我們不能由此得出結論說，英語（以及其他西洋語言）比漢語更富於表現力，更不能說，古人的邏輯思維比現代更加高級。

繫詞的產生也絲毫不能證明邏輯思維的發展。先秦時代漢語有沒有繫詞，這個問題雖然還有一些爭論，但是，先秦的判斷句（以名詞為謂語的句子）一般不用繫詞，則是無可否認的事實。有人說，漢族到了春秋戰國時代，思想已經很發達了，不應該還沒有繫詞。也有人企圖從漢語繫詞的從無到有的情況下去尋找思維發展的線索。事實上，漢語繫詞的從無到有，只是漢語按照內部發展規律而發展的結果，和邏輯思維的發展無關。否則很容易得出結論說有繫詞的語言是高級語言，沒有繫詞的語言是低級語言。事實上我們要看語言的發展與否，應該以它能否表達豐富嚴密的思想為標準，而不應該以缺乏某種語言形式為標準。今天的俄語應該說是夠豐富嚴密的了，但是它在「名句」的現在時是一般不用繫詞的。今天的漢語也應該說是夠豐富嚴密的了，但是它只在判斷句用了繫詞，而在描寫句（以形容詞為謂語的句子）則至今還是不用繫詞。一種語言是否有繫詞，決定於民族特點和歷史特點；如果認為人類邏輯思維發展到了較高階段就會有繫詞出現，那是不正確的。

但是，人類的邏輯思維終究是隨着社會的發展而發展的，我們如果不承認這一點，那也是不對的。

大家知道，演繹推理有一個「所以」，這個「所以」在古代漢語裏表現為「故」字。這種「故」字，並非經常表現着演繹推理的，特別是在先秦時代。《論語·季氏》有這樣的一段：「丘也聞有國有家者，不患寡而患不均，不患貧而患不安。蓋均無貧、和無寡、安無傾。夫如是，故遠人不服，則修文德以來之。既來之，則安之。」邢昺說：「夫政教能均平和安如此，故遠方之人有不服者，則當修文德，使遠人慕其往化而來，遠人既來，當以恩惠安存之。」[15]由此看來，「均平和安」是被看做是「修文德」的前提的，而從演繹邏輯看，「均平和安」實際上不能成為「修文德」的前提。這種句子，意思是可以看懂的，但從形式邏輯的觀點看，則是缺乏邏輯性的。漢代以後，特別是唐宋以後，這種情況漸漸減少了，人們的邏輯思維是逐漸發展了。

語言的概括性和連貫性的逐步增強，也是人們邏輯思維逐步趨於完善的重要標誌之一。在漢語史上有許多例子足資證明。這篇文章只講概念、判斷、推理和語言之間的關係，所以關於語言的概括性和連貫性的問題就不再談了。

載《紅旗》一九六一年第十七期；又收入《龍蟲並雕齋文集》第二冊。

註釋

1 邏輯和語言的問題所包括的範圍很廣，本文所講的邏輯和語言的關係，只是講形式邏輯，而且主要是講演繹邏輯和語言的關係。也就是講概念、判斷、推理和語言的關係。——作者註

2 馬克思、恩格斯：《德意志意識形態》，《馬克思恩格斯全集》第三卷，五二五頁。

3 斯大林：《馬克思主義與語言學問題》，人民出版社一九五七年版，三八頁。

4 斯大林：《馬克思主義與語言學問題》，人民出版社一九五七年版，四六頁。

5 斯大林：《馬克思主義與語言學問題》，人民出版社一九五七年版，二零頁。「記錄」原譯「記載」。

6 《自然辯證法》，人民出版社一九五五年版，一九七頁。

7 恩格斯：《反杜林論》，人民出版社一九五六年版，八五頁。

8 斯大林：《馬克思主義與語言學問題》，人民出版社一九五七年版，三八頁。

9 《馬克思主義和民族問題》。《斯大林全集》第二卷，人民出版社一九五三年版，二九二頁。

10 這一個問題是存在着爭論的。

11 參看張世英：《美國現代資產階級哲學的主要流派：邏輯實證論——語義學唯心主義》。《人民日報》一九六一年八月四日第七版。

12 江謙：《說音》，中華書局一九三六年版，二八頁。著者拿英語和漢語比較。找出「易知而音訓通」的詞一百七十五個為例，其中有 **away**：違；**back**：背；**book**：簿；**dish**：碟；**ear**：耳；**easy**：易；**father**：父；**few**：微；**fly**：飛；**give**：給；**like**：類；**man**：民；**pair**：匹；**soon**：速；**table**：台；**we**：吾；**word**：文；**yes**：俞；**yet**：抑，等等。

13 **em** 又表示「妹」。「妹」也可以稱為 **em gái** 即「女弟」，以區別於「弟」。

14 這些術語在漢語的譯名相當混亂。同是一個 **predicate**，在邏輯學上譯為「賓詞」，在語法學上譯為「謂語」。在語法學上也有人譯為「賓詞」的。例如李立三同志在《馬克思主義語言學問題》中把 сказуемое 譯為「賓詞」。此外，無論在邏輯學上或語法學上也都有譯成「述語」的。這種混亂現象必須改變過來。

15 見《十三經註疏》下冊，世界書局一九三五年版，二五二一頁。

中國語言學的繼承和發展

一、中國語言學的光榮傳統

中國語言學是有光榮的傳統的。兩千多年前中國就有了很好的語言學理論，實在值得我們引以自豪。荀子在他的《正名篇》裏所闡明的都是語言學上的重要問題。他說語言是社會的產物（「名無固宜」，「約定俗成謂之宜」）；又說語言是有穩固性的，同時又是發展的（「若有王者起，必將有循於舊名，有作於新名」）；又說概念的形成緣於感覺（「然則〔名〕何緣而以同異？曰，緣天官」）。這些理論，直到今天我們還認為是正確的，而在當時的歷史條件下，則應該認為是卓越的學術造詣。[1]

我不打算逐個地敍述中國歷代語言學家的成就，我只想談一談中國語言學傳統上的三個突出的優點。

第一個優點是重視實踐。中國古代沒有「語言學」這個名稱；古人所謂「小學」，大部份可以認為屬於語言學範圍。顧名思義，「小學」和語文教育有着極其密切的關係。許慎在他的《說文解字》裏說：「蓋文字者，經藝之本，王政之始，前人所以垂後，後人所以識古。」可見「小學」的目的無非教人識字，讓讀古書的人先攻破文字關（其實是語言關）；只不過「小學家」的要求比較高，識字的標準和一般人所了解的稍有不同罷了。有許多東西，在今天看來是很寶貴的漢語史材料，在當時也不過是為了實用的目的。《切韻》的編寫目的是「凡有文藻，即須音韻」。[2]《中原音韻》的編寫目的是「欲作樂府，必正言語；欲正言語，必宗中原之音」。[3]韻圖是對語音系統進行分析，利用橫推直看的方法來幫助人們了解反切，也是幫助人們查得漢字的讀音。張麟之在《韻鏡序》裏說：「讀書難字過，不知音切之病也。誠能依切以求音，即音而知字，故無載酒問字之勞。」一直到今天，我們利用韻圖來查古代反切的讀音，還是最有效的方法。[4]人們盛稱「段王之學」，其實段玉裁、王念孫等人所做的也不外是提高閱讀古書能力的工作。

這種做法，自然也有不足之處。過於注重實用，就容易放鬆了語言學理論的探討，荀子《正名篇》那樣卓越的語言學理論在後世不多見了；關於語言學方法，很少有系統性的敘述。

但是，注重實踐仍舊應該作為傳統的優點繼承下來。今天時代不同了，我們研究語言學，當然不單是為了通經。即以通經而論，也不是因為它是聖人之道，而只是因為我們要繼承文化遺產。我們今天研究語言學，是為社會主義建設服務。語文教育是今天祖國教育事業的一個重要環節；因此，今天的中國語言學就必須為祖國教育服務。今天我們的實踐範圍擴大了，我們不但要提高閱讀古書的能力，我們還要為祖國語言的純潔和健康而鬥爭。我們不排斥「純科學」的研究，只要是科學，對社會主義建設也一定有好處。但是，理論必須聯繫實際，這一個大原則是必須肯定的。

第二個優點是重視材料和觀點相結合。由於時代的局限，古人不可能有馬克思主義觀點。但是，古代成就較大的語言學家都是重視他們所認為正確的觀點的。戴震說：「學有三難：淹博難，識斷難，精審難。」[5]拿今天的話來說，淹博就是充份佔有材料，識斷就是具有正確的觀點，精審就是掌握科學的方法。

段玉裁的《說文解字注》一共寫了三十年，桂馥的《說文解字義證》一共寫了四十年，朱駿聲自述他撰著《說文通訓定聲》的經過說：「渴（竭）半生之目力，精漸消亡；殫十載之心稽，業才艸刱（草創）。」為了充份佔有材料，不能不付出足夠的時間和精力。但是，單靠苦學還是不夠的。戴震說得好：「前人之博聞強識，如鄭漁仲、楊用修諸子，著書滿家，淹博有之，精審未也。」[6]這就說明了必須材料和觀點、方法相結合，然後才能在學術上有較大的貢獻。

如何對待材料，也是觀點、方法的問題。梁啓超在敍述清代的學風時，曾舉出其特色十條，其中兩條是：1、孤證不為定說，其無反證者姑存之，得有續證則漸信之，遇有力之反證則棄之；2、隱匿證據或曲解證據，皆認為不德。[7]顯然，這是我們所應該繼承的優良傳統。

第三個優點是善於吸收外國的文化。中國的反切，不先不後，產生在東漢後期，這顯然跟佛教的傳入有關。梵書隨着佛教一起傳入中國，於是梵文的拼音方法就對漢文的注音方法發生影響。鄭樵《通志·藝文略》、陳振孫《直齋書錄解題》、姚鼐《惜抱軒筆記》、紀昀《與余存吾書》都認為反切是「原本之婆羅門之字母」。反切的產生是中國語言學史上值得大書特書的一件大事，這是中國古代學者的巨大創造。應劭、孫炎等人善於吸收外國文化，同時結合漢語特點，發明了反切來為中國文化服務，這是值得頌揚的。錢大昕在《潛研堂文集·答問》中卻說：「自三百篇啓雙聲之秘，司馬長卿、揚子雲益暢其旨，於是孫叔然制為反切。」又說：「乃童而習之，白頭而未喻，翻謂七音之辯，始於西域，豈古聖賢之智乃出梵僧下耶！」錢氏這樣對外國文化採取關門主義的態度是我們所不能同意的。[8]

字母和等韻之學來自西域，更為一般人所公認。但是，我們試拿梵文字母和守溫三十六字母對比，[9]就可以看見，中國學者們不但沒有照抄梵文字母，而且字母的排列也有所不同。至於字母和四等的配合，更顯得學者們匠心獨運，完全是以漢語語音系統的特點為依據的。

清代劉獻廷（繼莊）也是一個善於吸收外國文化的人。全祖望《鮚埼亭集·劉繼莊傳》說：「繼莊自謂聲音之道別有所窺，足窮造化之奧，百世而不惑。嘗作《新韻譜》，其悟自華嚴字母入，而參以天竺陀羅尼、泰西臘頂話、小西天梵書，暨天方、蒙古、女直等音；又證之以遼人林益長之說，而益自信。」看來，《新韻譜》大概是屬於普通語音學一類的書，可惜這部書沒有傳下來，否則在中國語言學史上一定增加光輝的一頁。

馬建忠是漢語語法學的奠基人，但是，大家知道他的《馬氏文通》是模仿泰西的「葛郎瑪」而寫成的。他認為「葛郎瑪」在語文教育中是會起巨大作用的。他在《文通》的序裏說：「夫華文之點劃結構，視西學之切音雖難，而華文之字法、句法，視西文之部份類別，且可以先後倒置以達其意度波瀾者則易。西文，本難也，而易學如彼；華文，本易也，而難學如此者，則以西文有一定之規矩，學者可循序漸進，而知所止境，華文經籍雖亦有規矩隱寓其中，特無有為之比擬而揭示之，遂使結繩而後四千餘載之智慧材力無一不消磨於所以載道、所以明理之文，而道無由載，理不暇明，以與夫達道明理者之西人角逐焉，其賢愚優劣，有不待言矣。」由此看來，馬建忠之所以吸收外國文化，正是從愛國主義出發的。《馬氏文通》雖然存在着不少缺點，但是，在吸收外國文化這一點上，馬建忠是做對了的。

我們認為上述的古代中國語言學的三大優點都應該好好地繼承下來，並加以發揚光大。

二、發展和繼承的關係

繼承，就意味着發展。不能發展，就不能很好地繼承。在中國語言學上，如果只知道繼承，不知道發展，結果就會覺得古人是不可企及的，我們對繼承也會失掉信心；如果是批判地繼承，同時考慮到發展，結果是在總的成就上超過了古人，即使在某一點上不及古人，我們也算是很好地繼承了古代中國語言學家的衣鉢。

古代學者的學習條件和我們今天的學習條件是不一樣的。古代學者從小就讀古書，重要的經書都能成誦，有的人還能做到於學無所不窺，十三經、二十四史、諸子百家，都能如數家珍。這就是所謂的淹博。今天我們不可能這樣做，而且不必要這樣做。其所以不可能，是因為我們還有許多現代書籍要讀，還有許多現代科學知識要掌握；其所以不必要，是因為前人已經有許多研究成果，特別是近年來已經有了許多可以利用的工具書。假如我們要在古典文獻上跟清人比賽淹博，許多人都會感嘆望塵莫及；但是我們有一定程度的馬克思列寧主義的修養，有比較先進的現代科學知識，有比較正確的觀點和方法，則是清人所沒有的。《孟子》說得好：「不揣其本而齊其末，方寸之木可使高於岑樓。」（《告子下》）我們衡量新的一代的語言學家修養要看得全面些，不要因為他們的舊學知識稍差一些就以為一代不如一代，更不要引導他們專往故紙堆裏鑽，不求現代的科學知識。

封建社會對一個學者的要求和社會主義社會對一個學者的要求是不一樣的。在今天，語言學工作者的使命要比封建社會「小學家」們的工作要複雜得多，性質也不一樣。我們要研究普通語言學，因為我們需要語言學理論來指導我們的工作；我們要研究少數民族語言，因為它對語言教育等方面有現實意義；我們要研究語言風格學或辭章學，因為它有助於改進文風；至於語法學、詞彙學、語義學、詞典學等等，也都是我們的研究對象。我們還應該培養一批專家研究漢藏系語言和研究印歐系語言及其他語言。語言教學法也應該是實用語言學的一個部門，這是過去比較忽略，而今後應該加強的一個部門。這一切都不是過去「小學」所能包括的了。即以「小學」而論，也應該使它現代化，以便為漢語史服務。同時使它通俗化，以便為古代漢語教學服務。如果亦步亦趨地走乾嘉學者的老路，不但不會趕得上他們，而且不能適應社會主義社會的需要，不能滿足廣大人民的要求。少數人這樣做，未嘗沒有一些好處；如果在語言學界提倡，那就不相宜了。

一個時代有一個時代的要求。一個學派全盛的時代，自然光芒四射。但是，這個時代一過去了，後人即使追前人的芳躅，效果也會差得多。一則因為時代的要求不同了，二則因為前人已經開墾過的園地，可以發掘的地方不多了，只好拾遺補缺、做一些修修補補的工作，放出螢火般的微光。

五四運動以後，漢語的研究向前推進了一步，其中並沒有其他的奧妙，只不過是把普通語言學的理論應用到漢語研究上。對象仍舊是原來的對象，只因觀點、方法改變了，研究的結果就大不相同。當然其中有許多需要批判的東西和過時了的東西，但是今天我們要發展中國語言學，絕不是回到封建社會的觀點、方法上去，而是要把語言科學向前推進，在馬克思列寧主義、毛澤東思想的指導下，攀登世界科學的最高峰。解放後十三年以來，中國語言學已經有了很大的發展，這正是我們接受了馬克思列寧主義、毛澤東思想，接受了現代語言科學的結果。

以下談談怎樣發展中國語言學的問題。

《紅旗》雜誌的社論說：「馬克思列寧主義使哲學、社會科學的面貌發生了根本的改變。在哲學、社會科學的領域內，人們如果不是自覺地站在馬克思列寧主義的立場上和運用馬克思列寧主義的觀點和方法，那就幾乎不能真正解決任何一個實質性的問題。」[10]這是一個根本性的原則，違反了這個原則，就談不上發展中國語言學。社論又說：「但是，馬克思列寧主義不能代替每一門具體科學的研究。馬克思列寧主義的指導作用，就在於它提供了一種基本理論和方法，依靠這種理論和方法，科學研究工作者還要付出艱苦的勞動，大量地收集材料，獨立地進行思考，才能在某一個具體問題的科學研究中得到成績。」[11]根據這個原則，在語言學的科學研究工作中，還有必要建立這一個具體科學部門的理論和方法，這種理論和方法是以馬克思列寧主義的基本理論和方法為基礎，在具體語言的研究中總結出來的基本理論和方法的，這就是我們所說的馬克思列寧主義語言學。馬克思主義語言學在中國正在形成。

無批判地接受舊的中國語言學，其危險性在於它的糟粕也繼承下來。戴震的識斷，比起鄭樵、楊慎來，當然高明得多了，但是拿今天的眼光來看，則又有可以批評的地方。拿今天馬克思主義的尺度來衡量戴震，從而抹殺他在當時的進步性，貶低他的學術成就，固然是不對的；但是，看不見他的缺點，讓青年人一味盲從，那也是不應該的。舉例來說，他在《答段若膺論韻》裏說：「僕謂審音本一類，而古人之文偶有相涉，有不相涉，不得捨其相涉者，而以不相涉者為斷；審音非一類，而古人之文偶有相涉，始可以五方之音不同，斷為合韻。」他所講的原則是不錯的，但是他根據宋人的等韻來審音，要憑它來斷定先秦韻部的分合，這就是缺乏發展觀點。朱駿聲在中國語言學史上有很大貢獻，他的得意之作在於闡明字義的引申（他叫作「轉注」）和假借。但是他把許慎的假借字定義「本無其字，依聲托事」擅改為「本無其意，依聲托字」，硬說是先有本字才能假借，這就違反了文字的發展過程。這種例子可以舉的很多。

我們不能說古人的糟粕對今人已經沒有影響了。現在隨便舉兩個例子來談一談。

自從宋代王聖美創為「右文」之說，至今在文字學界還有一些影響。楊樹達說：「形聲字中聲旁往往有義。」[12]有了「往往」二字，這話本身沒有毛病，只是沒有能夠說明原因。胡樸安說：「蓋上古文字，義寄於聲，未遑多制，只用右文之聲，不必有左文之形。」[13]原因是說出來了，但是還不夠明確。實際上，凡按右文講得通的，若不是追加意符的形聲字，就是同一詞族的字（如章炳麟《文始》所講的），並不是存在着那麼一個造字原則，用聲符來表示意義。傅東華先生最近在他的《漢字的各種字義的各種訓釋》裏說：「形聲字（包括轉注字）的本義是由它的聲旁決定的，例如『吃飯』的『吃』本作『喫』，從『口』『契』聲。『契』是『刻』（咀嚼）的意思，所以『喫』字的本義是用口咀嚼食物。至於它的簡體『吃』字，原是另外一個字，從『口』『乞』聲，本義是口吃。它的『乞』聲用來表示『乞乞』的聲音。『乞乞』猶『期期』，形容說話重疊，難以出口的樣子。」[14]這段話可商榷之處很多。古時飲食都叫「喫」（杜甫《送李校書》：「對酒不能喫。」《病後遇王倚飲贈歌》：「但使殘年飽喫飲。」），可見喫不一定用得着咀嚼。而且從刻契到咀嚼未免太迂曲了。從「乞」重疊為「乞乞」，從「乞乞」轉為「期期」，更是勉強。而總的原因則是受了右文説的影響。[15]

語源的探討，本來不是一件容易的事。但是人們喜歡傅會成説，有時候也能以假亂真。李時珍在《本草綱目》中説，葡萄「可以造酒，人酺飲之則陶然而醉，故有是名」。最近有人寫了一篇知識小品，題為《酺匋—蒲桃—葡萄》，[16]還加以解釋説：「『酺』，指大飲酒，見《説文》，『匋』，極醉之意，見《集韻》。」[17]其實，「葡萄」只是當時大宛語的譯音[18]，和「酺」「匋」沒有關係。李時珍是傑出的醫學家和植物學家，然而他對語源學是外行。應該承認，不是外行的人也會犯同樣的錯誤，在文字學界中，這種情況不是沒有。

批判古代中國語言學的糟粕，這是消極的一方面；積極的一方面應該是提高馬克思語言學的修養。現在我國「語言學概論」一類的書雖然還是初步的基礎知識，但是要求語言學工作者先掌握這種基礎知識是必要的。

馬克思主義是科學的科學，馬克思主義者永遠走在現代科學的前面。世界上任何新的語言學派、新的語言學理論，都值得我們研究。即使是反動的語言學派，也可以充當我們的反面教員。我們應該經常注意世界語言學的「行情」。古人説得好：

「泰山不讓土壤，故能成其大；河海不擇細流，故能就其深。」[19]學術上的關門主義，對中國語言學的發展是不利的。

語言學工作者最好能學一點自然科學。這不僅因為語言學在社會科學中是接近自然科學邊緣的，生理學、物理學（特別是聲學）、心理學等，都和語言發生關係。而更重要的還是為了訓練科學的頭腦。清人的樸學的研究方法實際上受了近代自然科學的深刻影響。有人以為清人為了逃避現實才走上了考據的道路，那是不全面的看法。晉人同樣是逃避現實，然而他們只競尚清談，而並沒有走上科學研究的道路。清人在「小學」的領域上，開中國語言學的新紀元，可以說是從清代起才有真正的科學研究，這並不是突如其來的。自徐光啓把西洋的天文曆算介紹到中國以後，許多經學家都精於此道，最值得注意的是江永、戴震、錢大昕、阮元等。據張之洞《書目答問》所載，江永在天算中屬於西法，戴震、錢大昕、阮元屬於中西法。江永所著有《江慎修數學》九種及《推步法解》，戴震所著有《勾股割圓記》《策算》《九章補圖》《古曆考》《曆問》，錢大昕所著有《三統術衍》《四史朔閏考》，阮元所著有《疇人傳》。[20]江戴等人經過近代科學的天文曆算的訓練，逐漸養成了縝密的思維和絲毫不苟的精神，無形中也養成了一套科學方法。拿這些應用在經學和「小學」上，自然跟從前的經生大不相同了。我們知道，戴震是江永的弟子，段玉裁、孔廣森、王念孫又是戴震的弟子，學風從此傳播開來，才形成了乾嘉學派。我們今天要繼承乾嘉學派，必須繼承這種熱愛真科學的精神。如果我們能熱愛現代自然科學，那就既是繼承，又是發展了。

三、中國語言學和外國語言學

上文講到了中國語言學，也提到了外國語言學。其實中國語言學和外國語言學既不是對立的東西，也不是可以截然分開的東西。文化是可以交流的，許多科學上的大發明，已經成為全人類的文化。外國的科學成就，中國可以吸收進來；中國的科學成就，外國也可以吸收過去。我們可以說中國語言研究工作有它自己的特點，例如比較着重在漢語和中國少數民族語言的研究；但是我們不能說中國語言學在觀點、方法上也應該有它自己的特點。我們正在建立馬克思主義語言學；全世界真正的馬克思主義者如果研究語言學，也必須應用同樣的馬克思主義語言學。同時，我們也必須經常吸收外國語言學中正確的、有用的東西來豐富自己。

關於吸收外國文化的問題，毛主席給了我們明確的指示。他說：

中國應該大量吸收外國的進步文化，作為自己文化食糧的原料，這種工作過去還做得很不夠。這不但是當前的社會主義文化和新民主主義文化，還有外國的古代文化，例如各資本主義國家啓蒙時代的文化，凡屬我們今天用得着的東西，都應該吸收。但是一切外國的東西，如同我們對於食物一樣，必須經過自己的口腔咀嚼和胃腸運動，送進唾液、胃液、腸液，把它分解為精華和糟粕兩部份，然後排洩其糟粕，吸收其精華，才能對我們的身體有益，決不能生吞活剝地毫無批判地吸收。[21]

回顧五四運動以後、解放以前中國語言學界的情況，正如毛主席所批判的，我們大都是生吞活剝地毫無批判地把外國語言學吸收過來。雖然也產生了一些新的東西，但同時也把資產階級的一些錯誤觀點不加批判地介紹到中國來，引起了不良的後果。這是值得我們警惕的。

五四以後，新的語言學和舊的語言學形成對立，但是和平共處，井水不犯河水，有對立而沒有鬥爭。當時新派語言學家們的主要工作在於調查方言，進行《切韻》研究等，調查方言固然跟舊學無關，即以《切韻》研究而論，搞的是高本漢的一套，和舊學關係不大。至於語法的研究，更不是原來「小學」範圍內的東西。舊派語言學家仍然搞「小學」的老一套，跟新派語言學家所學的東西可說是「風馬牛不相及」。這種情況對中國語言學的發展是不利的。有一些新派語言學家們對中國傳統語言學採取虛無主義的態度，以為舊學沒有甚麼可取的東西，自己在狹窄的範圍內鑽牛角尖，外國的東西學得不深不透，中國原有的東西知道得更少。有一些舊派語言學家又故步自封，滿足於中國原有的成就，即使有所述作，也是陳陳相因，不脫前人的窠臼。這樣就不能新舊交流，取人之長，補己之短。

解放以後，情況大有不同，今後還要注意怎樣把傳統的中國語言學的精華很好地繼承下來，並且經常從外國的先進的語言學中吸取營養，使新舊熔為一爐。在這一方面，我們是做得不夠的。搞普通語言學的人往往是知道語言學理論較多，而不太善於結合到本國的具體語言，更談不上繼承古人的「小學」；研究漢語或本國少數民族語言的人往往強調材料，輕視理論知識。我們並不是說在語言學工作中不應該有所分工，而是說語言學工作者應該先具備了廣泛的基礎知識然後走向專門。將來進一步要求學好語言學理論，同時把它應用到具體語言研究上。

我們中國人自己是能夠研究語言學理論的；但是，我們並不能因此拒絕學習外國的東西。毛主席說：「中國應該大量吸收外國的進步文化，作為自己文化食糧的原料，這種工作過去還做得很不夠。」拿語言學來說，過去我們所接觸到的外國語言學知識，實在很不夠，即以普通語言學而論，很少有人把幾部重要的著作從頭到尾仔細看過。我們的翻譯工作也做得很不夠。總之，我們學習外國的東西不是太多，而是太少了。今後我們應該注意吸收外國的先進的語言學理論和方法，來幫助中國語言學的發展。

要不要聯繫中國的實際?當然要。在中國，即使是研究普通語言學，也應該以漢語或中國少數民族語言為主要材料。因為對自己所熟悉的語言比較容易進行深入的觀察，這種觀察也比較容易顯示研究者的創造性。在西洋，幾乎沒有一個普通語言學家不是對一兩種具體語言有專長的，假如對任何具體語言都只有浮光掠影的知識，那麼普通語言學也不會研究得好的。[22]至於漢語的研究，更是中國語言學研究工作的特點，世界上沒有任何國家對漢語研究有我國這樣豐富的文獻和經驗，只要我們在語言學的觀點、方法上能夠更有所提高，我們的漢語研究也一定能夠有更多更好的成績。但是我們不能把墨守海通以前的成就看成是結合中國實際，因為上文說過，我們如果不能發展就不能很好地繼承。

「青出於藍而勝於藍」，這一成語給我們很大啓示。我們深信我們這一代的語言學工作者一定能夠勝過古人，我們更深信我們後一代的學術成就必將遠遠地超過我們這一代。

載《中國語文》一九六二年十月號；又收入《龍蟲並雕齋文集》第二冊。

註釋

1 關於荀子的語言學理論，參看邢公畹：《談荀子的「語言論」》，見一九六二年八月十六日《人民日報》。

2 語見陸法言《切韻序》。今本「須」下有「明」字，各手寫本均無。

3 語見周德清《中原音韻序》。

4 例如《詩·秦風·小戎》：「竹閉緄滕。」《經典釋文》引徐邈音：「滕，直登反。」依照橫推直看法，在《韻鏡》裏查得是音「騰」，而不是音「澄」。

5 參看梁啓超：《清代學術概論》，中華書局版，二七頁。

6 同上。

7 參看梁啓超：《清代學術概論》，三五頁。乾嘉學派以經學為中心，而經學又以「小學」為中心。所謂清代的學風，主要是指清代語言學家的學風。

8 陳澧在《切韻考》卷六說「何不」為「盍」，「如是」為「爾」等都是反語。用來證明反語不受西域的影響，這也是不對的。這種二合音只是無意識的，並非像反切那樣成為一套注音方法。

9 實際上只有三十字母，這裏不詳細討論。

10 《在學術研究中堅持百花齊放百家爭鳴的方針》，見《紅旗》雜誌一九六一年第五期。

11 同上。

12 楊樹達：《積微居小學述林．序》。

13 胡樸安：《中國文字學史》上冊，二三二頁。

14 見《文字改革》月刊，一九六二年第四期。

15 余長虹同志有一篇反駁的文章，登在《文字改革》月刊一九六二年七月號。可以參考。

16 見一九六二年九月六日《北京晚報》，作者署名樂工。

17 按《集韻》只說「酕醄，醉兒（貌）」，沒有說「極醉之意」。「葡萄」一詞產生在前，「酕醄」一詞產生在後，這是顛倒了時代次序。

18 參看王力：《漢語史稿》下冊，五一八頁，註①。

19 李斯：《諫逐客書》。

20 《書目答問》只列江永和阮元著作。其餘各人姓名則見於後面所附的《姓名略》。孔廣森也著有《少廣正負術內外篇》，雖是中法，但孔氏是戴震的弟子，不可能不受西法的影響。此外，朱駿聲也精於天文曆算，所著有《天算瑣記》四卷、《歲星表》一卷，未刊行。

21 《毛澤東選集》第二卷，第一版，六七八頁。

22 但又不能走另一個極端，專就漢語來講普通語言學。即使某些語言現象跟漢語無關，只要世界語言有這種現象，也得講到。否則只算是漢語學，而不是普通語言學了。

天地博雅文叢

經典常談　朱自清 著
新編《千家詩》　田奕 編
邊城　沈從文 著
孔子的故事　李長之 著
啓功談金石書畫　啓功 著　趙仁珪 編
沈尹默談書法　沈尹默 著
詞學十講　龍榆生 著
詩詞格律概要　王力 著
唐宋詞欣賞　夏承燾 著
古代漢語常識　王力 著
梁思成建築隨筆　梁思成 著　林洙 編
簡易哲學綱要　蔡元培 著
唐宋詞啟蒙　李霽野 著
唐人絕句啟蒙　李霽野 著
唐詩縱橫談　周勛初 著
佛教基本知識　周叔迦 著
佛教常識答問　趙樸初 著
漢化佛教與佛寺　白化文 著
沈從文散文選　沈從文 著

書　　名　古代漢語常識
作　　者　王　力
編輯委員會　梅　子　曾協泰　孫立川
陳儉雯　林苑鶯
責任編輯　甘玉貞
美術編輯　郭志民
出　　版　天地圖書有限公司
香港皇后大道東109-115號
智群商業中心15字樓（總寫字樓）
電話：2528 3671　傳真：2865 2609
香港灣仔莊士敦道30號地庫／1樓（門市部）
電話：2865 0708　傳真：2861 1541
印　　刷　美雅印刷製本有限公司
香港九龍官塘榮業街 6 號海濱工業大廈4字樓A室
電話：2342 0109　傳真：2790 3614
發　　行　香港聯合書刊物流有限公司
香港新界大埔汀麗路36號中華商務印刷大廈3字樓
電話：2150 2100　傳真：2407 3062
出版日期　2019年10月／初版

ISBN ： 978-988-8547-69-2